而我停止了奔跑

風箏落不下來

陳繁齊——著

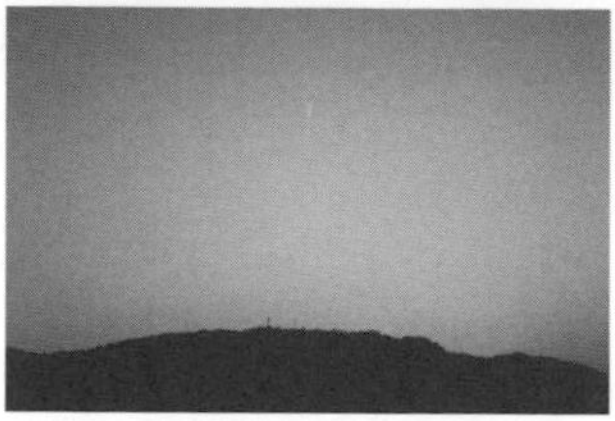

目錄 CONTNETS

【卷一】

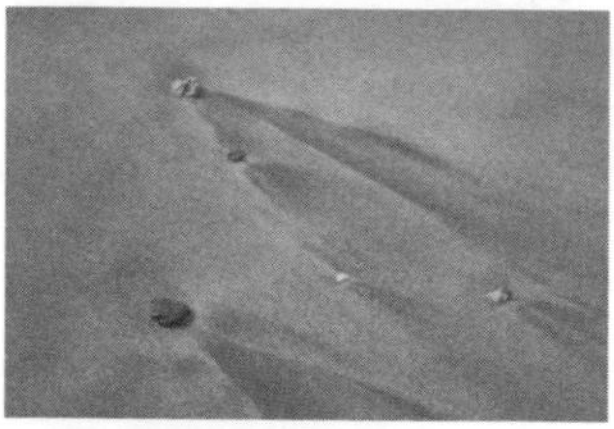

【卷二】

卷一

時差

不知什麼時候開始，
他也不再戴錶了，
我卻還是覺得我們之間的時間快了一些。

當時不知爲何，在他身旁總是像面失能的鐘，反覆又謹愼地詢問他時間，吃完一頓飯問、下車問、太陽下山的時候問、人潮突然多起來的時候問。那可能是一種由不安所衍生出的本能，想要藉由不斷確認時間，來確定我們的狀態是否如一。

「現在是三點十六分。但是我的手錶快了五分多鐘，所以，應該是三點十一分。」他會這麼說，在看完那只總是快五分鐘、卻從未想要校正的鋼錶後。也從不爲我省略運算的過程，他在意修正。對他來說，這個過程不容馬虎：我們確知了我們擁有什麼，並且我們應該做什麼來導正或彌補，再得出最後的結果。

「要是我直接跟你說了正確的時間，你就不會知道、也不會記得我的手錶快了五分鐘。」有次他古靈精怪地解釋這個對他意義非凡的過程。

「其實我的錶快五分鐘本來不是多重大、多有意義的事啦。但是如果今天你想要知道時間，它就很重要。」說完就含著冷飲店的吸管，以合嘴的方式用力地砸給我一個笑容。我問他怎麼不把它調回準確的時間。

「如果有一天來不及了，但突然又想起自己還有多五分鐘，不是很好嗎？」

但他其實從來都不需要多出來的五分鐘，他一直都是活得比較快的人，更早抵達約定的地點、提前一步做好所有準備。

我們一起吃過十字路口上的燒烤。對於食材生熟的拿捏，應該要對一分一秒更加講究，但他卻在此時變得粗枝大葉，將時間擱置在一旁，就像擔心受到爐火高溫的傷害而暫時卸在桌邊的錶一樣。應該可以吃了吧。看起來很好吃啦。接著將肉片相當浮躁地拋至我的碟子上，喝一口啤酒，繼續提著鐵夾子在烤爐上閒逛。那家燒烤店掛在路口的紅布條雖然斗大顯眼，仍在這幾年裡悄悄地更換，起初是「啤酒暢飲只要529」，後來變成了「啤酒暢飲只要

569」。最後變成了「暢飲只要600」。而我們是在569的時候一致決定把握機會。

那無疑看準了未來將會越來越難。

後來我不再詢問他時間，雖然他還是戴著錶，但我已經習慣打開手機來讀時間。我更喜歡問他，你還記得我們上次來是什麼時候嗎？或是，你還記得我們第一次來的時候嗎？他並不是個記性好的人，在這些問句之後往往都是我自己收拾——那時候我們還沒畢業、我們聽到隔壁在播的歌還一起大聲唱了起來；很常說的是，啊對，以前的那間店已經倒了。才察覺市容正悄悄地更動，老在新聞裡聽到都市更新、都市更新，原來一併將記憶裡的畫面也拆掉了。除此之外，炫彩而寂寞的夾娃娃機店越開越多，每次經過，我都想起上次H曾和我詳盡解說其中房主、場主與台主的關係鏈，還有數個月前曾在網路上，讀到一則討論夾娃娃機店生態的文章，看完只覺得虛華。

嗯，繁華的結果終究是虛幻嗎？

於是不覺開始擔心，會不會有一天，再也無法在十字路口看見那面長長的紅布條。它的存在明明無傷大雅，也不曉得是否會再光顧，但城市裡熟悉的店一間接著一間地宣布不再營業，就像是身體上的窗逐一地被闔上了，明明知道不是靠它呼吸，卻還是感覺窒息。原來這就是長輩曾經傳達過的那種哀愁嗎？柑仔店之於便利超商、田埂之於規劃好的公園綠地，也許實質上它變得更好了，但同時也變得更陌生了。幾乎是一場失戀，和舊夢的失戀，眼看著愛過的人離開自己之後，不斷蛻變煥采，直到最後，已經難以描述曾經有過的關係。太不真實了。驚覺近年網上流行說「時代的眼淚」，其實並不是因爲這一刻真的格外地空前絕後、彌足珍貴。時代一直都在流淚，只是我們剛好有所悲傷，才發現它在哭泣。小小的個體在參天的時代下悲鳴，在它的淚滴裡泅泳。

「睡醒之後，世界就不一樣了。」坐在青島東路上的那晚，身旁陌生的近齡男子曾咬著下唇向我說。

不知什麼時候開始，他也不再戴錶了，我卻還是覺得我們之間的時間快了一些。可能那只失準的錶早已越走越偏，將我們引領到了更遠的時空，幾天後、一個禮拜後、數個月後，我不知道，但我們好像預見了更多衰老的暗示。

「下次不知道是哪次。」他在按下底片相機快門時很常這麼說，我想起羅蘭・巴特在《明室》裡說，攝影很容易成爲一場死亡。我想是的，看著他回捲即將退片的底片，接著放進半透明的底片盒裡，對我搖了搖盒子，塑料的撞擊聲異常地讓人感覺實在，記憶被妥當地收藏了，那大概是我們之間不再只有時間之後，他給我的解答。

他說，
看著人車恆常來往時，
感覺好像藏進了都市的鎖骨裡，
看著它的胸膛因爲喘息而震動著。

距離

當你已經跟不上
一個人事物的節奏時，
就會覺得遙遠。

明明生命中最痛的事發生在雨天，卻還是喜歡雨天。和海一樣，我也喜歡海，陸地上的人好像很常眷戀海，從岸上去看，它是那麼忠實。這些依賴與共處不知是何時產生的。

可能是因爲P吧。剛認識她的時候，曾猜想她的身體裡，藏著一個極度蒼老的靈魂。彼時就讀國中的我，並不具備任何符合該年紀會被稱許的魅力，沒有參加球隊，也不像一些同學，能在頭髮上標新立異，僅是因爲有次在音樂教室，課後心血來潮留下來彈琴——一手沒學多久的爛鋼琴，P正好經過聽到了，就進來和我親近。沒多久正好學了一首四手聯彈，我將譜多印了一份，與P共坐在短小的鋼琴椅上，手肘偶爾不協調地碰撞。那時候的我以爲這就是情誼的最高境界了：撇除外在條件，有默契而無差錯地完成一首鋼琴曲，所有肢體的接觸都溫和有禮。

像是初入原野的溫馴動物，因爲踐踏在草皮上，而爲小草心疼。

粗獷而賀爾蒙橫行的中學生活，在P出現之後就突然變得柔軟。有次P穿起她姊姊的高中制服，有模有樣地寄了一張照片給我，問我合不合適？是她想要讀的高中。我只覺得她適合所有更加成熟的樣貌。我不禁在腦中快轉，一年後兩年後，我們都穿著氣派的制服坐在鋼琴前。

我偷偷注意過四手聯彈的那首曲子，我們手靠最近的段落，中間沒有白鍵。

但一年後，P無預警地就要離開台灣。「我只是到海的另一邊而已。太平洋，太平洋的另一邊，搞不好我們同時都看著海，也可以看到對方，目光可以交會。」P離去前這麼和我說，隨即壓了隨身聽的按鍵，就把耳機塞給我。唱的是曾因偶像劇爆紅的〈孤單北半球〉。聽著歌曲前奏音樂盒般的音效及弦樂的二次鋪陳，林依晨在歌曲裡唱了第一句歌詞：「用你的早安陪我吃晚餐。」從那之後，就對大海有著神祕的投射，即使後來我們都不在對方的進程裡了，還是改不掉盯著地平線，好像把什麼丟進海裡，就會有人撈起來。就算沒有也不要緊。

當年對時差的感受是壓迫，好像太陽或月亮被切開了，再被惡意地分配不均。國外，多遠、多麼不可知的詞。P在國外那一年來，我們很少說到話，畢竟仍過著守序的校園生活，白天黑夜的差距是很難湊在一起的，但即使覺得遙遠，卻從不覺得困難。可能是認爲所有的等待都有盡頭。那時還未曾經歷過撲空。

漫長的一年，自己對於距離的容忍值忽然地擴大，同時也因拉扯而扭曲，開始小看身邊所遭遇的相隔，一心認定：思念是必須有條件的，而且條件必須嚴苛。聽著女同學說想念隔壁校的男朋友，竟苛薄地覺得短淺，明明那是個應當肉麻的年齡。也因此非常著迷「miss」這個英文單字，除了想念的意思以外，它還帶有錯過的意味，挖掘得更深，是許多未能完成的事，I miss you，說的是我未能見到你、未能碰觸你、未能擁抱你。它重新回歸了距離上的意義，著迷它，只因爲它彷彿更能理解自己。

大學畢業後服兵役，深切經歷了另一段遙遠，離世界遙遠。在一個官兵已被允許使用手機的年代服役，到底算不算幸福？服役的每個弟兄，都在週間的片刻快速地瀏覽網路上一動一靜，誰去哪裡玩，誰閃電般有了新戀情，誰論文寫完了，或是得了獎、升職。螢幕裡的字像是因操演與出勤而不斷老化的肌膚，讀得越多，越感到自己正在剝落，明明只隔了一道軍營的圍牆，爲什麼就是沒辦法出去？圍牆外的世界彷彿快速運轉著，圍牆內卻每天重複著有限的營區生活。站在門口的哨所，瞄著馬路上的車來來去去，不知道他們要去哪裡？那是百無聊賴又千篇一律的話題：今天是假日，應該是出去玩吧？剛剛好像看到後座有孩子。還是，也是苦命的假日加班族呢？不知道，總之感覺是要去滿遠的地方。

原來這就是遙遠，當你已經跟不上一個人事物的節奏時，就會覺得遙遠。

後來回想，P也是一樣的吧。

隨著通訊科技進步，我們一直有保持聯繫，儘管P總是神祕地隱瞞了自己的位置與時區，也不斷地更換自己的帳號。但和P再次見面，還是隔了整整四年。那一天下著大雨，我們約在一家急躁的餐酒館，頭頂上音響放著 The Brecker Brothers 的 Night Flight，連服務生端上餐點的方式都相當急躁。

成年的我們理所當然地點了酒精飲料。P的樣態幾乎和以前一樣，但多了些許典雅的風範，她舉起杯子啜飲時，我轉頭看向她。那是和彈鋼琴時一樣的角度。她在右手邊，但吧檯的座椅像是太有風度的舞者，堅實地咬著地面，兩張圓椅保持距離，只能旋轉。那你最近還好嗎?問這句話時，她正低著頭，不疾不徐地將摺疊傘一片一片的整好、綑起。我感到很難過，因爲我發覺，自己已經無法向她說出最眞實的答案了。即使她依然很瞭解我。

如果我們都是不能妥協的直線，那到底該平行還是相交？這是從中學就一直跟隨著、永不過時的大哉問。人們好像都覺得平行絕望，因爲兩條線一輩子都不會有關係，但我卻總是擔心相交，交叉之後迎來的是無限擴大的距離啊。有次K對這個問題開了一個惡劣的玩笑，「你們又不一定是在紙上，搞不好你們是在一個方體上。」他咧嘴說著，兩根手指在他不俐落的鬢角旁比著「秀逗」的手勢。要眞是方體，平行線最後會撞到自己。我對他罵髒話。

但K沒記得，有一次還反問我。「你覺得變遠這件事有極限嗎？」我搖頭。

「但我常覺得再怎麼遠也就那樣了耶，就例如說認不出來、完全無法跟對方講話之類。」

「那是因爲你們已經遠到你失去感知了。」但你們仍然持續地變遠。你變成宇宙，他縮成砂，他仍然存在於你的存在裡頭。我想起以前曾讀到的一個現象，叫做量子纏繞，好深情卻又哀傷。

「處於量子纏繞狀態下的粒子，無論粒子間相距多遙遠，只要對其中一個粒子干擾，會瞬間影響到量子纏繞狀態中的其他粒子。」

在北部看海的那幾次，
其實並不是眞的面向 P 所在的方位，
但那又怎麼樣呢？
海是公證人，
是個誠實的傳達者。
只要我讓海知道了，
P 也一定會知道。

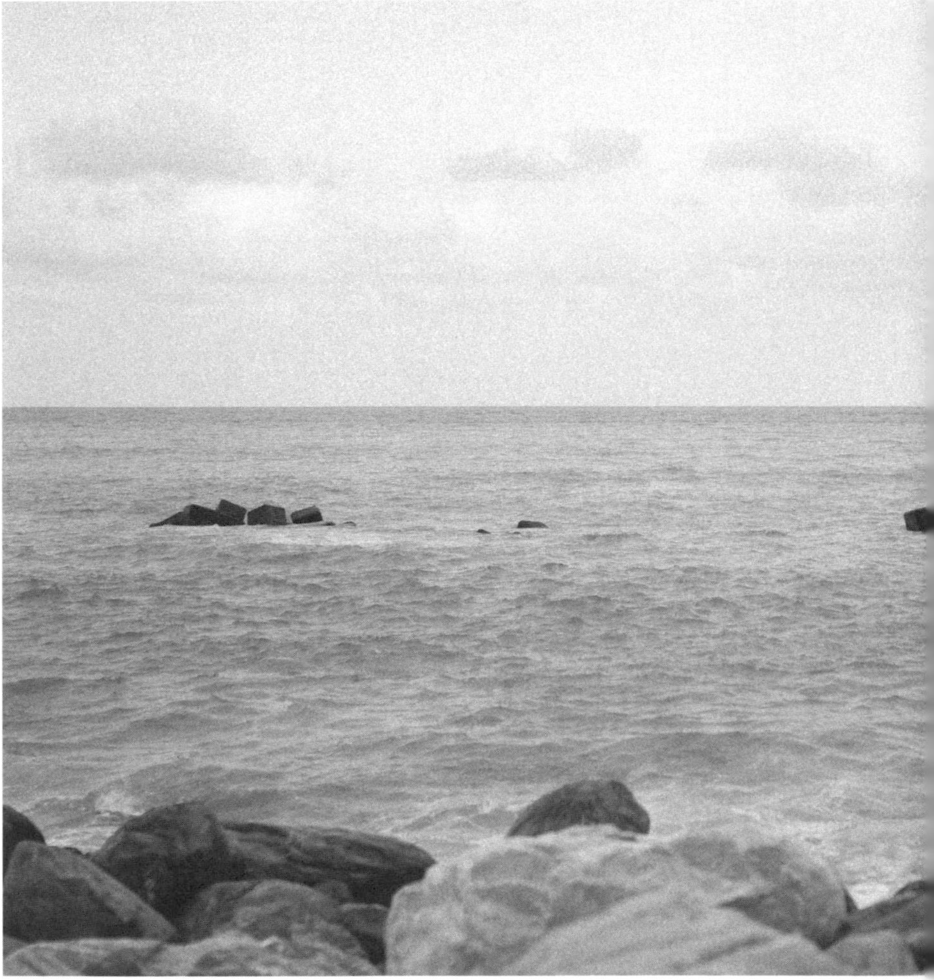

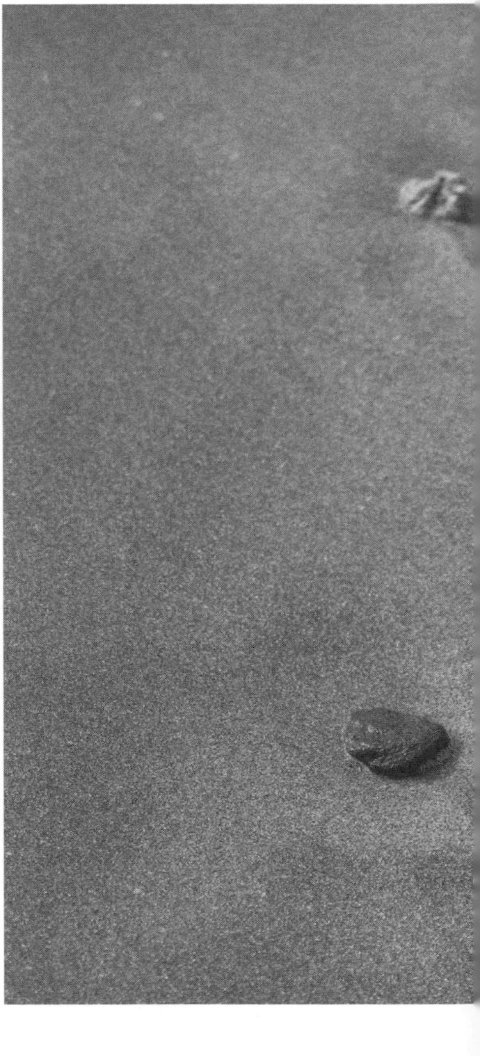

或是相信每粒來了岸上又離開的沙，
都不是重複的。
它們是細小的容器，
積年累月把思念盛走。
另一岸的人，
要花很長的時間、很多耐心，
才會收到全部。

相似

她給了我一如既往的答案：
很像，但不一樣。

每次經過民權西路時都會想到D，想到她在機車後座幽幽地說，這條路一直走就會到她家了。她說這句話的時候，整條街像被淹沒了，喧鬧包覆上一層藍色的薄膜，霓虹也變得不穩定。

D喜歡藍色。初次見面她穿著一件藏青色的襯衫。是網路上照片裡的那件嗎？我問她。很像，但不一樣。她回答。她很熟練地翻起手機裡存好的色票圖，分別為我辨認各種藍，天藍、鈷藍、蔚藍。之後每當有藍色的地方，她就會不厭其煩地考驗我。餐廳的杯子、裝潢、行人的服飾、明信片，指著問，那這是什麼藍呢？就好像在問，你眞的知道我喜歡什麼嗎？

而民權西路一直走會是哪裡，三重、新莊之類？不過剛考到駕照，就興起上陽明山看夜景，路線規劃之外的地區一概不知；那時台北還是座迷宮，每行經一個路口，就打開一道暗門。而我盡善盡美地扮演了一個理應迷惑的青年，不停地摸索這座大城的輪廓，試圖記下所有的路名與街景。把它們記起來，彷彿無論何時都能到達，也無論何時都能逃離。

記清楚之後，卻再也沒有和D一起走過民權西路了。分離前我問她，不是喜歡嗎？她給了我一如既往的答案：很像，但不一樣。我的認知瞬間跌入一池沒有底的泥淖，不斷深陷無法起身。所有的藍色又混在一起了。那天正好是陰天，沒有辦法指稱天空的顏色。我站在原地目送她離開最後一個街口，她的背影變得黑黑小小的，但我以爲那也是種藍。

民權西路還是一遍又一遍地走著，好像有傷口在路面似的，每經過一個顛簸，都想起那天D在腰上微微應和的雙手。我很常在路上放慢速度，觀望周遭，辨明一幢幢由走過的人所蓋起的幻影。並不只有D。原來把路記清，就注定有些過往會住在上面。那些過往會和路一樣地清晰，越走越熟悉，走到路的骨子裡，失去知覺。

我知道有些事是不太會變的，D的家大概還是在民權西路盡頭所延伸至的某個終點、座落在這條路上的標識性店家也如故地屹立不搖；許多藍色仍舊複雜而多變，就算我已經無法辨清，它們還是有自己專屬的名字。但那眞令我傷心。因爲我和你相處時，世界曾是某個樣子。某個不會再恢復的樣子。

又走了民權西路無數次，
才明白路都是一樣，
但人不會再像以前了。

鹿男

鹿男雖還長著角，
但早已不是鹿了。

走到她家，慢的話需要三十分鐘。送別以後，以頻頻回頭的不捨步伐走回公車站，大概需要十分鐘，這時候正好可以搭上六點十三分的直達車，一個小時後到家。漫長的一小時通勤，只要拿出英文單字本，就能夠消退一些折騰；每讀一個字就半掩著書，閉上眼睛，不斷無聲地唸。

「clumsy，笨拙的意思。」

每天課後的活動，是從七點半才開始，打開書房裡陳舊的電腦，即時通的小黃臉在頁面上眨眼睛。在狀態欄貼上一首剛聽完的歌曲連結，就將螢幕關閉。想聽的人自然會去點來聽。像一封自取的情書。

十點該在電腦前，等候對方的訊息，或是打一篇網誌。那時喜歡在部落格上把玩祕密，將文章和相簿用密碼鎖起來，一道只有對方知道的密碼，並在提示處打上約定好的關鍵字。共同持有祕密的感覺很好，彷彿就算世界毀滅，也仍有著什麼會永遠留存，只要沒有人洩漏。

「叫 dear 直翻成親愛的太露骨了，我說不來。我們想一個可以替代的。」

「deer 怎麼樣？音是一樣的。」

「但鹿只有一個字耶，好怪，鹿——」她故意哆著聲拉長尾音。

「那 reindeer 呢？」

「那是？」

「是馴鹿。」

兩個人從那天起，都在頭上長出了角，一對樣貌不便而只有對方能夠接受的犄角。他也相信自己眞的成爲了鹿，一隻與眾不同的鹿。

他是鹿男。

鹿男最初踩著遲鈍的步伐，在感情的規則裡循序漸進。散步時忽然停下，堅決伸起手，請求她柔軟的手心。在咖啡廳裡輕觸她的嘴唇，把時間停下來。

鹿男開始以爲有些事是專屬於自己的天分，例如坐在一塊念書時，左撇子的自己，正好可以用右手分心地牽起她的左手；他以爲只有自己可以逗她笑、被允許知道她確切住在巷子裡的哪棟樓、哪一層；就算只是一起看部電影，也覺得獨特。獨特到可以在記事本裡寫下：今天又一起做了什麼。與其說一切都變得有意義，倒不如說，生活的意義終於有人可以解釋和分享。

但他們很後來才談愛。鹿男曾擔心自己的年齡，是不是不及任何超越喜歡的情感，所有問候語的結尾，都用「我們要一直很好」

「我們要很久很久」來代替「愛你」，時候久了，我們就能更加理所當然地愛。鹿男心想。

一百零六天算久嗎？

他們沒有吵過架。談論分手也是半吊子，來來回回傳遞了幾節下課的信，就宣告結束了，連彼此哭的狼狽樣態都沒讓對方看到。以至於往後回想，鹿男總是構築不出她傷心的樣子，所有的畫面都是快樂的，他們共處的整個夏天都在燃燒，比任何他看過的焰火都還要旺盛。所以他才會只收到灰燼。

這麼多年來他記得更多事，像是對方的帳號、當初網誌裡的密碼、生日、手機號碼，「這是你的號碼嗎？」多年以後，鹿男不太確定地向她背出了一串數字，這串數字鹿男一直都記著，卻已經忘記屬於誰，只是像背九九乘法那樣自然。

「對，你竟然還記得，太強了吧。」

「手機早就換過了，紀錄都不在了，我是眞的記得，沒有偷看。」鹿男補充解釋。

但鹿男其實不明白爲什麼、爲什麼需要證明自己的淸白或誠懇；也許他更想說，那樣已經失去姓名的記憶，是抹不掉也帶不走的，是已經烙在心上的字，撫得出紋路，但已經不太能重現痛感。他眞的不痛。他只覺得自己笨。

「我相信你。」

那天向她解釋完，得到她這樣的回覆後，竟爲此感到沾沾自喜，浸著喜悅沒多久，馬上又感到空洞。相信又能如何呢？他們的愛早就死了，只是他還活著。她的信任像是墳上的一朵鮮花，溫和又蒼涼。

張愛玲說振保愛過的第一個女人名叫玫瑰，往後所有的女人都是玫瑰的模子。但，玫瑰若意識到自己只能是玫瑰呢？張愛玲沒說。鹿男也讀不出結果。玫瑰如果永遠是玫瑰，總有一天會凋零枯萎吧，他想。

而鹿男雖還長著角，但早已不是鹿了。沒有人會叫他鹿，除了自己。多年以後他仍頂著那副怪角一路踉蹌，不停地告訴後來的人他有多麼傷心；告訴人們自己早已畸變，變成那個曾經會被相當喜愛的模樣，變不回來了。

「妳愛我嗎、妳愛我嗎？若是不愛，也請不要覺得我怪。」

很多事情才不是天分。
陪一個人回家不是、
讓對方說愛不是、
成爲對方的第一段戀情也不是。
鹿男在長出鹿角之前，
什麼都不是。

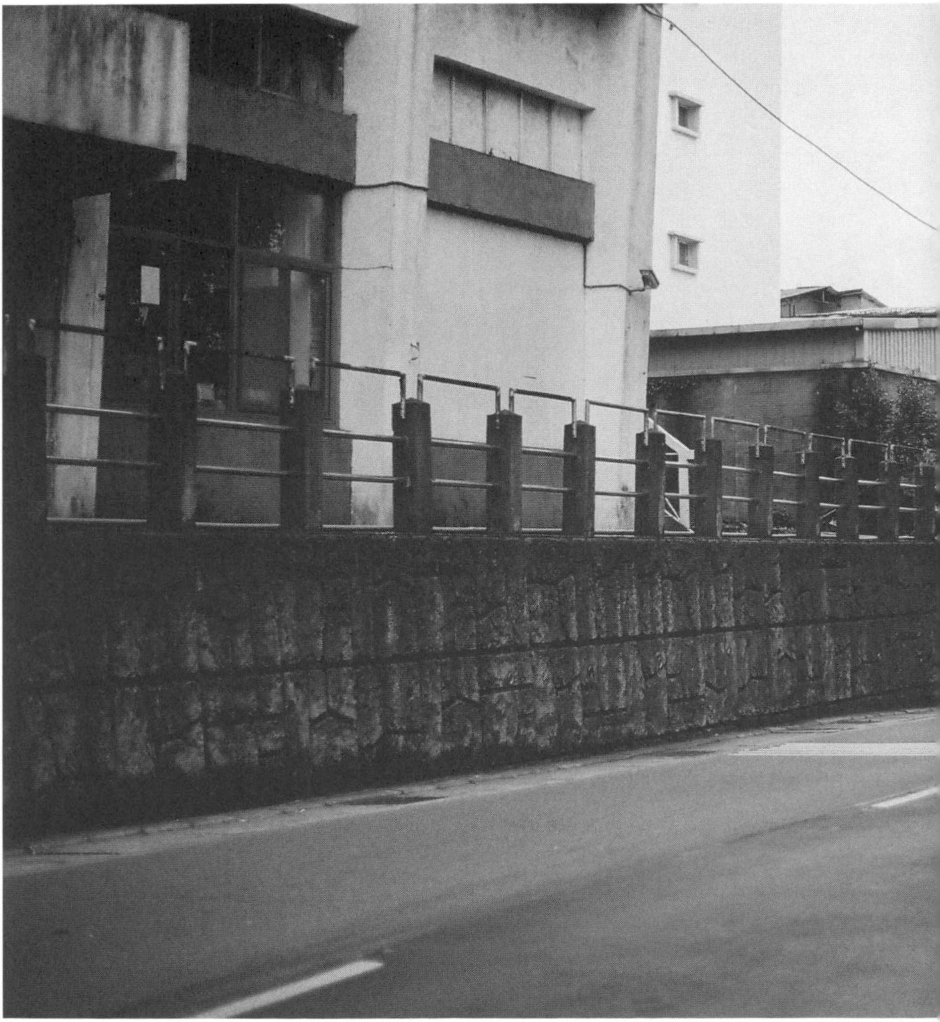

17

她是靠得太近的泡沫，
你只是看見自己的倒映，
在眼前破掉。

那一年暑假你和家人到了墾丁。墾丁，之於你們的年紀是個只和畢業旅行有關的地名。其實第一天剛到的時候，天氣並不理想，時間也晚了，你仍然向家人提議：既然都來了，就該把握時間去海邊走走。一出飯店過了馬路，走下無數石階與木棧道，小碎步越過泛著五光十色的沙灘酒吧，你逕自往漆黑的海浪走去。你將手機撥通了。

「喂。」是她的聲音，有些乾澀與顫抖的聲線。

「我在墾丁了。」

「好快！你剛剛才傳簡訊說……」

她還沒說完你就打斷她了。「噓，別說話，我給妳聽海浪聲。」接著你將手機拿下耳際，擺在胸脯前，轉側了話筒，讓它面向黑暗中若隱若現的浪花。這個情節感覺煽情，但卻不屬於任何預謀，你只是想讓她體會自己的感受，這樣而已。

浪潮湧上淺岸的聲音很細，幾乎可以想像那是她的呼吸聲。你其實不確定她有沒有聽到，也不確定南國的海浪，是不是眞的比較浪漫，但那一兩年江明娟的〈海是你〉正好唱著，你只是聽過幾次，就當作自己更懂海了；因爲樂團而接觸了各式搖滾，終於把 Coldplay 的〈Yellow〉歌詞潤熟，就以爲自己能夠指認星星的顏色；或是幻想自己是 McFly ，在舞台上拚命地唱著〈All About You〉給台下那個喜歡的人。是如此斑斕而自負，你放心地閉起眼睛吹海風，些許雨水正點在臉頰上，但你沒有告訴她。

兩分鐘，只能兩分鐘，青春期的感性再多，還是得和現實的電話費做平衡。

「喜歡嗎？」你乾脆在沙灘上坐了下來，語氣盡可能地俐落，多想在剩下的時間裡，再偷渡一些海浪聲進話筒。

「嗯。」她只短短地回答了一聲。你想起你們曾經討論過，文字訊息中選用「恩」和「嗯」的差異。「恩」是挾帶負面情緒的字，多半是必須暴露的悲傷，或是不甘願隱瞞的惱怒，換句話說，是一種明示的勉強接受；「嗯」則是允諾，是點頭，一組飽滿的連續動作，雖然它可能還是有所保留，但無論如何是同意了，總體而言，它比「恩」還要正面一些。你心裡忸怩著，她給的是哪一種？這道來自喉間的輕聲，像粒骰子被兩只杯子倒蓋，不斷混淆，從篤定變成猜測，再從猜測變成聽天由命。

「謝謝。」這句話她說起來眞像開端，也像結束。多說了幾句，你們就終止了通話，而後節制地來回幾封簡訊，把這條被拽得太長的想念給打發了。

太多模稜兩可了。你喜歡在她顯示「離線」時留言，你知道那是她一貫的作風，她喜歡隱藏——那時通訊程式裡是這麼命名離線狀態，而她一直都躲在裡面。你喜歡她走過兩棟樓，只爲拿幾顆她覺得好吃的糖果和你分享，但她有時會否認，說她只是正巧經過。你喜歡被討論，喜歡那些圍繞在你們身邊、聽得到的竊語，你覺得那是一種公證的曖昧，那些短暫時刻，你的傾注好像比較明確，不像是白費。在她生日的時候，你買了一條細工的手環送她，「你覺得我有什麼優點？」幫她戴上時，她皺著眉問你。「妳很特別。」你埋頭回答她，戴好之後，用數位相機爲她拍了幾張用手遮住臉龐的照片、還有幾張因沒來得及反應而過度晃動。她一直都不擅長表達，也許是不喜歡表達，就像她喜歡隱藏，像是你們一起去過好幾次公園旁的圖書館，午睡時仍清醒地偷偷勾起小指，感覺就要牽起來。她說過喜歡，但是等一下。再來就沒有然後了。

她到底是怎麼樣的人？你第一次和N提起她時，N竟然以爲你愚弄他。她有著怎樣的個性？喜歡什麼歌？你都不太確定，你記得最深的——是她眼睛的顏色，誠懇的棕色，她不說話時你都看著她。那次大夥共同出遊，晚上個個都回房了，剩你們倆各自挑了一張躺椅，在庭院和夜空共處。你接下來會很忙吧，她說。你聽不懂她的意思，你只在意她的心情，說這句話的時候，她眼前是閃過什麼畫面？你刻意地只回了一個「嗯」，只是希望她也在心裡猜測自己的選字。雖然此刻的「嗯」並不屬於你們曾剖析過的任何一種。

最後你們都用生硬的姿態淡出了這段關係，你有些埋怨，而她還是要過下去，她的快樂一併裝起來，你就恨了。恨是什麼？那時候你以爲恨是愛的反面，你爲自己卸責，在一次又一次的自我對質裡指責她的不是。這確實是一種簡潔快速的出走途徑，但是不健康又拙劣。拙劣到常被身邊的朋友問起，你們怎麼了？你輕描淡寫地說，就是沒那麼好了。但是，但是之前又該算是怎樣程度的好呢？多年後你在大學裡修了《金瓶梅》的課，教授在第一堂課開課沒多久，說了「如果你發現你還恨一個人，就代表你還愛他」。當天剩下的課程你根本丁點都聽不進去。

其實也是很偶爾才會想起。大學有一次又到了墾丁玩，你拿起智慧型手機錄下影片，想傳給愛人，但突然感覺到有什麼東西重疊而失眞了。接著你想起她，於是立刻打開社群網站，搜尋她的名字，但找不到，她已完全在社群鏈上銷聲匿跡。你甚至魯莽地想再一次撥電話給她，卻因之前更換手機時太過粗心，舊的通訊錄早已亡佚。你想知道如果能通話，她會不會把今夜的海也聽完；如果聽完了，又會說些什麼。她沒說過你特別。

她是靠得太近的泡沫，你只是看見自己的倒映，在眼前破掉。

後來你才知道，「特別」這個詞語勝過可愛、美麗、勇敢、精巧、氣質，勝過一切。如果承認往後的愛情都是贗品，那麼「特別」或許是最眞摯的詞語了。它是霸道的，不只是體制外，還凌駕於所有之上。若一個人不夠溫柔但卻有著特別之處，就非常足夠了，One of a kind 多麼重要，像以前看過的卡通裡，那隻小忠狗最重要的生命意義。也是你一直在無數愛人裡尋找的一種眼神。

你變得更謹慎了，甚至會爲他人說你特別而感到微微生氣，你覺得自己不一定匹配，而對方也不該這麼隨便地使用這個詞語。有時你也想要懷疑自己，是否對於這個詞語的運用有所誤解，但又害怕辜負自己。然後你看《寂寞拍賣師》的時候哭了，愛情都是贗品，但是贗品也有它最眞實的一面，令人墜落。那是一個雷雨的夏日傍晚，你頂著哭紅的雙眼打開傘，去接愛人下班。路上你看雨，你以爲很多落下的雨裡可以找得到你的樣子，但都不是。

花

我始終是一個想得太多的人，
從愛一個人開始，
就會假想無情的可能。

第一次見到你時，只覺得你是花，那種顏色還未太鮮豔，卻無畏綻放的花。那一天，你站在堆滿舊書的書櫃前對我微笑時，我還想到了更多，但說來可笑，那些都是太庸俗的聯想，我本不該用如此拙劣的方式去摘你。

但是我好想知道，你變老了嗎？

你有沒有認真想過，老的時候會是什麼樣子？不想身邊的人。我指的是樹的枯黃、河川的搬移、星星的衰弱，像《全面啓動》那樣走在滅絕的沙灘上，你信任的大樓隨時要崩落。你只和我提過一次，你說，老的時候要養一隻貓，白白胖胖的貓、不太理人的貓。說這些話時，你正撫著三芝咖啡廳裡的白波斯貓，牠叫饅頭。我們總是欣然同意柔軟美好之物能無條件參與未來。還來不及告訴你我想在老的時候做什麼，白波斯貓就從你的手邊溜走，我們都趕忙跟了上去。

曾經有一次你在長途的遊覽車上睡著了，睡得很熟，路燈的光把窗上的雨水綴在你的頰上，像斑點。我直覺地想到腐壞，但並不是關於你的腐壞，而是我的。我清楚自己擁有保存期限，而在時限之後，我在你心裡該會是什麼模樣？從那時就開始擔心了，我始終是一個想得太多的人，從愛一個人開始，就會假想無情的可能；我會沿著海岸想到一片僻遠的無人海灘，太難的信紙，腳印被掩埋。想到日落，還有黃昏的影子。

如同現在，我們的結尾未能妥善，那你想到我時，快樂與憂傷哪個比較多？

我還是很常和別人談起你，我不知道這樣算不算勇敢，但我已經不諱提起當時的過錯，現在看來，都相對而富足原因，我們好像造就了一篇遠大的寓言。我是寓言裡後設的主角，逕自說完故事的寓意，再繼續活在裡面。

我會將發生過的事情在腦中都播映一遍，再向自己確認：仍然覺得愧疚嗎？最後總是和別人說出惋惜的結語。偶爾也會有人主動和我談起你，例如你上次和伴侶一起出席同學間的聚會。你哪次在餐廳裡喝醉了，靠在誰的身上。他們說起你的名字，語氣都蜷曲起來，帶著虧欠與委婉。我其實不太明白這份虧欠究竟從何而生，好像你是我身上的印記，會引發疼痛和苦楚的印記，他們可能都以為我還淌著血。你大可以放輕鬆、隨便說，都已經過這麼久，早就沒差了，我總是這樣告訴他們。我知道，他們也總是這樣回答，但依舊如故。

聽他們說你，好的壞的都聽過。大概知道你換了工作和住所，踏進了截然不同的生活圈，知道你應該變得很多了，但仍不願意定論。也發現一些無關緊要的小事，像是某個週末，我們其實都在東區的同一條巷子裡喝著悶酒，只是不同酒吧；像是某個歌手的演唱會，我們都有去。幾乎就要遇到，這些瑣事該是很近，我卻聽成遠方的隱雷，太多回音了，怎麼能分得清。我像把房間貼滿待辦事項的便條紙那樣，將我獲取的資訊，一張張拼貼在腦海裡、你的殘影之上；然而幾張便條紙就能構成充實的一天，再多資訊卻都完成不了你。

早就夠陌生了。你生日時，社群軟體不會在一早就震動並殷勤提醒我「祝他有美好的一天吧！」。我也早已修正了不得體而自私的性格，不再侵擾，只是看著日期，覺得自己失敗，發現自己在你面前，是那種就算說了生日快樂，也無法將快樂傳遞出去的人。但我還是默默在心裡念了幾次祝福，寫了一些言不及義的文字，遠遠拋放之後就不再指望。我已學會成爲派對的氣球，在鬆綁後不斷上升，並偷偷地在不爲人知的高處自己破掉。像是那天下午，我在對街看見了疑似你的側影，沿著街就平行追起；卻在最後一個終於綠燈的路口放棄過到對側，看著身影隱沒於轉角的人潮。你知道嗎，如果那是你，我多想上前和你說話，但又害怕眞的是你。又或是我已完全不認得。然後呢，我們操演已久的生澀有機會消除嗎？

可能我也不完全想碰見你吧。有人說那些滯留的喜歡，都是對於「舊」的迷戀，舊的情景、舊的對話、舊的戀人、舊的你。對方早已變成自己不喜歡的樣貌了。我不禁著急地想，如果你不認得我，我該怎麼重新介紹自己？住在台北、一個寫字的人、以爲寫字可以彌補什麼的人、近幾年有被人愛，他們在自己身旁曾開懷地笑過。我不敢太過主觀地談論自己，也不敢確定那代表「好」，「好」早在你離開以後變得更加虛無。

但我好像又不眞的介意是否相識，我只是擔心我們擁著破損而若無其事地活著。我想起在第一本詩集出版時曾收到M的訊息，「恭喜出版，你變得好厲害。」她在聊天室裡這麼說。

「謝謝。」我看著自己的手指反射性地重複兩次輸入順序，並且不留餘地，順勢接下 Enter ，讓兩個字出現在對話框裡面，彷彿兩顆巨石，直接堵住所有去路，好像那就是我們的唯一解，我們彬彬有禮，像是第一次見面的人。那是我說過最冰冷的話了，而她沒有讀。

我大概也擔心我們會落入如同這樣的對答裡吧，但除了道歉，我是不是幾乎無話可說了，就像是如果你只回了一句沒事了一樣。我知道任何關係裡和解都是空泛的，沒有誰眞的適合從中協調，也沒有所謂平衡，能讓我們各取各的，就平淡散去。和解的前提是原諒，一直都是，而我一直都願意接受你的控訴。

這幾年來L常常試著撫平我，無奈的是，欲勸說這樣的囫圇，終究脫離不了那些窠臼，像是誰沒有痕跡，誰不需要學習。我一再地和L說我知道。我知道啊。我知道荷包蛋煎壞了，會再煎一顆新的。我們都是這樣活過來的，失敗時利用刀叉將焦邊切除，練習更久，終於能吃到一顆完整的蛋了，但還是忘不掉第一次搞砸、不小心嚐到焦塊的味道，苦澀而乾癟。索性改成吃麥片、吃豆漿油條、吃稀飯，還是蓋不掉焦塊的味道；就算我們的早晨被沒收了，我們已經不再一起吃早餐了，焦塊的記憶還是鑲嵌著。化學變化，就像蛋液受熱煎熟後會變成固態，原子會重新排列，產生與原來不同的新物質，大多是不可逆的，國中念理化課時課本上這麼說。

而那一次煎壞的終究是我，對不起。

火柴

起初只是假裝自己不再需要，
最後卻真的再也不需要了。

那個冬天E沒有接我的電話。

當時所有感官都故障了，摻入了太多的泥巴和汗水，忘記是新兵訓練第幾天，看著電話前還排著四、五個人，如果每個人都只講兩分鐘，可以在十分鐘之後輪到我嗎？我心裡暗暗計算著。這段等候我沒有和旁人閒聊，只是偷看著其他正在使用公共電話的人，臆測他們正和誰說話。我等等講電話會不會也是這個表情？我開始確認自己臉部肌肉放鬆的程度。還有目光，等等目光只能投在地板上。

曾經我很在意暴露自己的軟弱，某一年開始害怕他人爲自己哭泣以後，堅強就被認定爲成熟的表現。大學在球隊裡受了最重的一次傷，那時候R在身邊嗎？無論是否，我想R是不知道的，並非不夠細心，而是我沒有特別提及。平常微小的不適，R也並不確切知曉，我們會例行繞著校園外圍走上一兩圈。有時R發現我有傷而攙扶著我，「不舒服嗎？要不要休息一下？」「沒關係。」也依舊會回歸那樣循環的對話。堅強是一種行為，為了要變得成熟，好像需要不斷行使。也早已經變成一種習慣，當自己沒有意識到這個習慣時，大概就叫做逞強吧。

即使腦內經過百般排演提點，仍只落得在電話前發愣的下場。直到身後的人已經有些不悅地抗議：兄弟，打不通就下次再打吧。我才意識到自己固執的模樣應該很落魄，當下就掛上電話，頭也不回地往寢室走了。原來無人接聽的電話那麼空曠，空曠到我的失落再多也填不滿。

我知道自己被遺棄了，不論是以什麼形式。但想不透原因，躺在寢室粗質的床榻上，感覺到身體一點點漏成沙，好像一旦不被緊握就要散了，往床鋪四方滾落，撒得一發不可收拾。還有五分鐘就要集合了，看著腕上的電子錶又跳了一個數字，窗外雜沓的人聲再次聚集鳴響起來，我沒有辦法再想E。

「那就算了吧。」心裡做了一個不明就裡的決定，忽然覺得自己像極了鬧脾氣的孩子，但又無法去假想更多的明天——接下來整年壞到不能再壞的日子。不知道是不是因爲這件事，後來的軍旅生活都讓自己像根火柴。只燒一次，也就只需要成爲灰燼一次。我沒有再試著聯絡E，即使E在懇親假時和我道歉。起初只是假裝自己不再需要，最後卻眞的再也不需要了。

閉館

那時候，
一天是一天，
所有的明天都是從容的。

大學畢業後，仍很常回母校的圖書館坐著。對於我這種非外宿的人來說，圖書館幾近擔任庇護所般的角色，除了時常和大學友人對坐、拚趕作業與論文之外，它也是獨自熬過空堂的後盾。又有多少個零碎的夜晚只想要躲藏片刻，就窩在裡頭一直到閉館，直到頭頂上的喇叭播送音樂，聽久了，像是不停嘮叨、手指用著同樣頻率點觸肩膀的長輩，直到我起身前不會干休地督促：回家吧，總要回家的。

另一個聽得爛熟的，是國圖分館的閉館音樂。高三時面臨升學壓力，週末會和社團的好友約在圖書館一起念書，好互相監督，從清晨近六點排隊入場，一路奮戰到晚上九點各自解散。那個年紀總是有過多的革命性情感毫無節制地產出，連那硬冷的書桌也不放過，有時還會感到不自在，只因那天沒能坐上最常坐的位置。

記得以前在音樂播放初始的五分鐘，總是什麼都不做，就僅是鬆懈地大吐一口氣，揉揉眼睛，將全身癱在椅背上；也因爲視線終於從書本或螢幕上鬆綁，才和坐在對面的友人相視而笑。接著會聽到來自各個座位的騷動，緩慢地收拾雜物：塑膠袋、拉鍊、書本、不同材質衣物的摩擦聲響。再來是越來越放肆的竊語，以及已經用力到喪失意義的氣音，再調皮一些，會聽到各式打鬧與嬉笑聲。那些聲音的徵象是，這一天結束了，而且通常是相當充足而完整的結束。

那也曾屬於和愛人的一種完結。那時候，一天是一天，所有的明天都是從容的，每當無處可去之時，我們就選擇賴在圖書館裡。有時我們樂於惡作劇地，去捕捉那些比我們更欠缺共處的情侶，在日光燈尚未修繕完成的角落、從七樓倒數第三個書架起；有時就只是在座位上無任何作爲、發懶地瞌睡。大概很像家，一種多番折衷的家，僅僅把那些帶有憧憬的元素抽出來混合：共眠、相互依偎，在黑夜，在一個寧靜的大房間裡頭。

共處。學生的戀愛好像多半是共處。共處不是生活，反而比較像是一種休憩，又像客廳的軟沙發，不一定總是有機會賴在上頭。共處是共同擁有一個短暫的狀態或是目標，例如看一部劇，例如決定約會要去哪裡，甚至例如一趟長或短的旅程。在完成共處的過程中，目光總是相對短淺，沒有人會去歸咎更多的責任。生活卻是面對時間的裂罅，在或多或少的例行公事優先覆蓋之後，剩下許許多多的小隙縫，都是需要解決的課題，簡單一點的層面是找尋該用什麼事項去填補，難一點的則是該用什麼姿態去度過。

我大概是很善於獨自填補裂縫的人，我想，但一直都不知道這是不是件好事。太擅長一個人生活了，所有的裂縫都那麼安逸，不去想如果。

信徒

每張紙條裡都還留著小心翼翼的步伐，
和那些年所擁有的缺口。

整理房間時，不慎將一只老舊的茶葉罐撒了，罐子裡滾出零零落落的紙屑。原先感到疑惑，將其中一張攤開來看，才知道是學生時代所傳的紙條，上頭盡是粉塵與黃斑。一直都有收集紙條的習慣，我總相信它存有一種可貴的眞實。

我很喜歡紙條的傳遞方式裡，仍保有書信的性質。回想更小的時候，每逢節日，我和哥哥會寫信給表姊們，那是一段縝密的程序：首先，得到家樓下的精品店挑選賀卡，再來是簽字筆的顏色、作爲信封緘用途的貼紙；在家中愼擬草稿、提防錯字，最後親手投進郵筒裡，期待家門口斑駁的鐵製信箱裡，有天能看到自己的名字。那時最常在信裡寫著「讀到這封信時，不知道節日是否已經過了呢？」類似這樣的疑問，幾乎是一種起始語，好像也照顧著對方：如果信提前到了，希望它陪你過節；如果信遲到了，希望能讓你重溫一些當時的快樂。

時間感太迷人了，而一筆一畫的字跡太能夠眞誠，也太容易顯得嚴謹，讓人感覺盛大。

學生時代傳的紙條也是有時間感的。從自己的座位傳至對方的座位，要花多少時間？在座位上偷看對方收到紙條的表情、書寫的動作與速度，終於紙條回到自己手裡，完成了一次訊息的交流。每次無法克制的窺探，都讓我感覺自己像在作弊，越過了文字，去捉自己不一定知道的答案。

除了時間的折磨，過程中其他浮動因子也令人掛心：會不會遺失、會不會被誰糾舉。如果紙條眞的化作信件，講台上的老師大概就是鋪天蓋地的災難，不時摧毀所有通聯。端看中間擔著郵差職責的同學們，他們的技法與使命。

若是坐得近的朋友，紙條就化身爲陽春的通訊軟體了。撕下課本的邊角、測驗紙及習字簿的空頁，就展開一段緩慢的對談：從隔壁班的八卦，一直聊到昨天和父母的爭執。有時很刻意，只是爲了打發課堂的無趣，而從一個簡單的問題開始：你喜歡吃什麼？你會彈鋼琴嗎？最多的還是談人群，像是誰喜歡誰，你覺得我是個怎麼樣的人，在那個年紀裡，那些總是渾沌欲清的事。

這些紙條都沒有署名，現在再讀，只辨得出自己的語氣，很難猜出另一端是誰了，也已經讀不懂當時所討論的諸多關係裡，那些大難臨頭般的危機感、拗不過的芥蒂，究竟爲何。讀時覺得羞赧也尷尬，但更覺得赤裸，青春期最初的惶恐，都被誠實地反映了，每張紙條裡都還留著小心翼翼的步伐，和那些年所擁有的缺口。眞像是刺蝟。那時候就像刺蝟了。只是，還是隻不懂得使用身上短刺的刺蝟，露著白肚一點一點前行。於是國中畢業前，就經歷人生首次的遭人背信，從此連帶影響了我對紙條的信任感，明明背信的是人，和字一點關係都沒有，紙條仍然是紙條，無辜的媒介。變得寡言與充滿防備以後，紙條就只剩下留言的功能。後幾年有段時間，大家流行用藍芽，一張一張的便簽隔空往返著，千言萬語都在教室上空流竄；而再多的字，輕輕一個刪除鍵就能毫無痕跡。再後來，我們在七十個字元的簡訊裡摩肩接踵地求生。那一刻起，紙條就該算是結束。

最後的印象，是T曾經很喜歡寫些話給我，在每段話的語尾處，都會用旋式蠟筆粗粗地畫上一個笑臉，橫式的笑臉，那時我們已被電子產品徹底征服。

儘管如此，這些年來，信件依然一封封地收著。收到信的驚喜還是優於訊息，一筆一畫所能蘊藏的，也徹底勝過螢幕上的新細明體——筆順、字跡、力道，暈開的墨水漬。信不是輕輕一個「返回」鍵就能脫離的虛擬世界，有時即使心裡亂，仍必須將散落的信紙依序排好，若有特殊的摺封，就得沿著摺痕一點一點安回去，循著對方摺給自己的步驟。像一條幽僻的小徑，只有你走得進去，也只有你知道怎麼出來。

但很少再寫信了。除了偶爾作爲關係裡難言的出口，信多已被劃分至小情小愛的象徵，百日寫信、生日寫信、節慶寫信、週年寫信。好像爲了讓對方能留些紀念，卻也沒想過，它一直也都很輕易地會成爲恆久的傷痛，寫信時太慣於天眞了，都忘了信只載字、載我們，載那些一旦下筆即成就的過去；不載塵埃，不載未來。「我這人都不太寫信的。」意思其實是，已經被騙過了，曾經將時間剖開，並沒有誰眞的住在裡面。

你在聽哪首？

也許在那個瞬間，
我們都感覺被歸到了同一類。

那麼老師，你覺得最能代表你時代的歌是什麼呢？或是你最喜歡的也可以啦。曾被這麼問過。家教學生從那張缺牙的嘴裡，自傲地蹦出幾個他喜歡的樂團，小紅莓、GazettE、AC/DC，好像在展示某種豐果。我彷彿看見十六、七歲的自己活靈活現地在眼前，這個年紀太容易喜愛搖滾，喜愛內在的反抗精神，說起「我反對」，恐怕還是比「我愛搖滾」遜色許多。或是喜歡一些立場激烈的樂手，並效仿他們玩世不恭的態度。

再更之前呢？是躺在父親那台老舊雪鐵龍裡，視線穿過鬆軟的絨毛座椅，看見那塊鴉青色的塑料設備將卡帶吃進去，再從兩側喇叭悠悠傳出二王二后的歌聲。你怎麼捨得讓我的淚流向海。母親的歌聲與許茹芸輕飄飄的聲線纏了起來，像遠方的雲一樣柔軟。

被允許放學獨自回家之後，很常溜去大馬路上的唱片行聽歌，戴上不合尺寸的罩式耳機，浸泡在點播機裡，一聽就是三十分鐘、一小時。店員總是倚靠在那座貼滿明星海報的櫃台，帶著玩味地看著我，像看見一株幼苗正在茁壯。他甚至偶爾會找機會到我身後整理櫃架，被我逮著他正偷瞄我點播機上的數字。

編號2號是交響樂。不知道曲名，只記得像是有一隻孤傲的老鷹在耳朵盤旋、俯衝，再泰然自若地拉起身姿回到高空。不斷重複。直到有次終於傲氣地落下，尖尖的鳥爪扎進土壤裡，就像具雕像再也不會動了。那就是曲子的完結了。

3號是理查克萊德門。那位總是靠在鋼琴上的金髮先生。

8號是張學友的〈黑白畫映〉，他飄忽地唱著：無力證明／但願你相信／有個傻子在想你。

那時覺得這間滿佈專輯的狹長店面，是市區裡再浪漫不過的空間了，一台小小的機器，能藏這麼琳瑯滿目的音符。閉上眼睛也不會迷失，音樂會在腦中畫出一條纖細如線的道路，只要非常專心地聽，就能看見它的顏色，並維持前行的平衡。於是日常的雜思就在每天的閉目中，散成枝狀，被公平地分擔。

在那間狹小雜亂的唱片行裡，曾遇見一位穿著同樣校服的同學，是在某次結束耳中的陶醉後，抬頭就赫然發現他站在那，也戴著耳機。起初我們尷尬地對望，數次無聲地交談，或是假裝自己因爲過度專注而眼神呆滯。

直到有一次他再也忍不住，用嘴形問了我：

「你在聽哪首？」

我用手指比了十二。他旋即按了點播機的數字，並作勢將耳機戴得更牢。那成爲了我們往後的交流模式，在對方看向自己的時候，用手比出編號，再豎起大拇指，每次我這麼做，他都會笑得很開心，雖然我不知道究竟有什麼逗趣之處。我只想起那學期正好因爲座位洗牌、換到我前面的雀斑女孩，她綁著長長的辮子，戴著粗框眼鏡，很常轉過來向我分享她喜歡的歌手與團體。××× 好帥。你有看昨天的○○劇嗎？在那個台灣不斷複製日本偶像團體生成的年代，我並不感興趣，多半只是嗯喔應答，概知團體成員的長相和名字。她燒了一張光碟給我，裡頭我卻只有三首算是喜歡的歌，但我還是從頭到尾聽了幾遍，隔天和她報告心得。

「你聽了嗎？很棒對不對！」雀斑女孩的眼睛燒成了火海，火勢不亞於恐龍卡通裡大滅絕的場景。那天起我們便無來由地熟識起來，好像聽了同一種音樂，就能先初步斷定對方與自己不會相距太遠。多年以後才認知到，那其實是一種很基礎的社交途徑。你也聽後搖嗎？你聽××團嗎？我很喜歡他們上一張專輯。諸如那類搭話的起始。

而我第一次買專輯，卻不是在那家唱片行裡，是在大賣場的音樂部。我其實不喜歡賣場裡羅列的花車，一張張ＣＤ縱放著，緊密至不易鬆動。那樣的排列方式給我一種很強烈的廉價感，好像我抽出了其中一張也不會有人發現。不像唱片行將專輯躺平了，讓精心設置的封面或歌手臉龐得以呼吸。

專輯的封面是頂著蓬鬆頭髮的那英坐在礫石灘上，身後一片淺藍，看起來很憂鬱。那時那英早唱過〈征服〉和〈夢一場〉了，但還未被唱紅；倒是〈出賣〉與〈心酸的浪漫〉伴著笑傲江湖的電視劇大紫大紅。CD上也是印著鬱鬱的粉藍色，像打翻的水彩。還有顫抖的字體。將它放進隨身聽裡，安置在雙手掌心間轉動，一直眩暈至網路資源的氾濫與猖獗才停歇。

高中之後就沒有再去過那家唱片行了，也在某天搭著公車緩慢經過時，發現它早已閉門招租。整面的專輯牆與懷有心機的店員會去哪呢？接著想起總是一起聽音樂的那位同學，他沒有名，只有那五碼學號，我大可循著學號去翻找畢業紀念冊，找出他更立體的面目，但我沒有這麼做。我只是想著我們每次接受對方盛情推薦，並發現自己正好也喜歡這首歌。不知道爲什麼，那時的我感到無比的安心，也許在那個瞬間，我們都感覺被歸到了同一類。那個瞬間裡，有人知道你，有人善解你。

你怎麼就這樣
消失了呢？

如果我們沒有約定好不再回頭，
那麼彼此都是不告而別的人。

寬頻這詞在全台竄起之前，我曾歷過撥接很長一段時間。「勾——逼——啵——逼——」小時候都看著那台笨重的數據機發愣，它在連上網路之前，會發出機器人般的聲音，漫長而煩躁。那很像在用不知名的電波和外星人溝通。請求允許通過，Over。那時覺得是通往世界的隘口，一個鏡像世界，能夠脫去身上所有的標籤，重新打點自己。在這個世界裡，將自己與大人銜接，似乎更容易。

在網路上什麼都容易。佯裝自己容易、談戀愛也容易。作為一個曾在網路遊戲裡眼巴巴地「徵婆」的人，是再清楚不過了。僅需開啓一間乏人問津的聊天室，乾瞪著其他角色來往，終有哪個女性模組的角色會在身旁的格子坐下，進入聊天室。

「你想徵什麼樣的婆？」

「都可以，常上線、可以一起玩、一起聊天就好。」

協議立即就達成了。成爲對方練級組隊的固定班底，連掛網的時候也要將角色擺在一起。雖然虛擬，稚拙的我仍肯定那具有感情的某項特質，例如陪伴。又何嘗不是柏拉圖式的戀情，沒有任何表面之事，沒有過激的接觸，只有談得來、處得好。只有對著紙娃娃系統的荒誕聯想。雖然我很清楚只要啪一聲切斷電源，旋即回歸一無所有。但虛擬的身分還是在身體上扎了根，長出枝葉，電腦之外的生活，我很常想起那個在網路上活躍的自己，如想起一段古老而悠遠的回憶，很難確定是否爲眞。

所以你相信網戀嗎？年長後認識的J，在網上長談半年多之後，問了這個如針的問題。

如果你信，我就信，我說。意思是，我怕孤單。

因爲網路像片汪洋。

回頭來看，這已是太過落伍的問題。那年卻不僅J，自己也是一遍又一遍地問著身邊的人。在汪洋之上，自然冀求安穩與依託，尚未探索完畢之前，都不斷質疑，另一個盡頭眞的有陸地嗎？但我從不是個試圖將虛擬與現實連接的人，從第一次在這片泱泱大海裡創立了身分之後，就明白到其間有無法跨越的斷裂，一如我在裡頭扮演著各式各樣、在那時認爲代表成功的符碼：大學生、有錢人、擁過許多段戀情的人。我想不該責怪網路太過虛假，而是我們自己不夠誠實。

不再執著僞裝之後，便頻繁地在遊戲之外讓彼此固定，交換禮物似的互相遞出自己的照片，直說著「很普通啦」「你不會覺得好看的」；我們談及姓名與更貼近自己的綽號，卻發現還是習慣稱呼對方遊戲角色的暱稱；直到邀約，「要一起吃頓飯嗎？」這句話幾乎是回到了遊戲裡，面對著關乎劇情走向的重大選擇，一個一個字像是被塗上紅黑色的影子，在好與不好的選項後面，惡狠狠地附註「此選項將影響到後續故事」。

你眞的要讓這鏡像世界發生的事進入生活嗎？（Y／N）

你眞的要離開大海，踏上陸地嗎？（Y／N）

我們就此打住。發現過往都是幻象，都是推遲，不過是將相處裡最關鍵也最脆弱的議題，擺到最後才面對。於是很多人就默默地消失了，一覺醒來，他就已不見蹤影，甚至很難認定他曾經待在這片海域。消失的意思是，這個人和你再也沒有任何關係了。

也許在那幾年裡，網路戀情最眞誠的告白，非關喜歡或愛那些赤裸的字眼，而是眞實。我曾如此眞實地看待你。

雖然此時回顧，往年在網路裡的一切交流儼然是一場大騙局，但我卻從未感覺落空，可能沒有人在意眞相，自然也就不會介意假象。《頂尖對決》裡說，魔術是表演給甘心受騙的人看的。也許在網路遊戲遍地開花、網上資源快速擴充的那幾年，也是一場史詩般的魔術，我們都不太願意相信自己。而我應該就是個頑固的觀眾，想去確認已然過時的魔術底細，在這麼多年後心血來潮，重新安裝了那款屹立不搖的網路遊戲，找回當年的帳號，上線查看好友欄，看看這些人還在不在。

若是當眞還在呢，說上一句「你當時怎麼就這樣消失了呢？」也好，不論他是否還記得我，只是想提醒他，如果我們沒有約定好不再回頭，那麼彼此都是不告而別的人。像是生活走得那麼義無反顧，我卻一再回身看它。

那年網路遊戲像是長長的隧道，
兩頭都是光亮的現實。
我們都從現實進去，
終要走回現實，
但很多時候卻是待在隧道裡，
看著對方身影在邊際一現，
從此被光吃掉了。

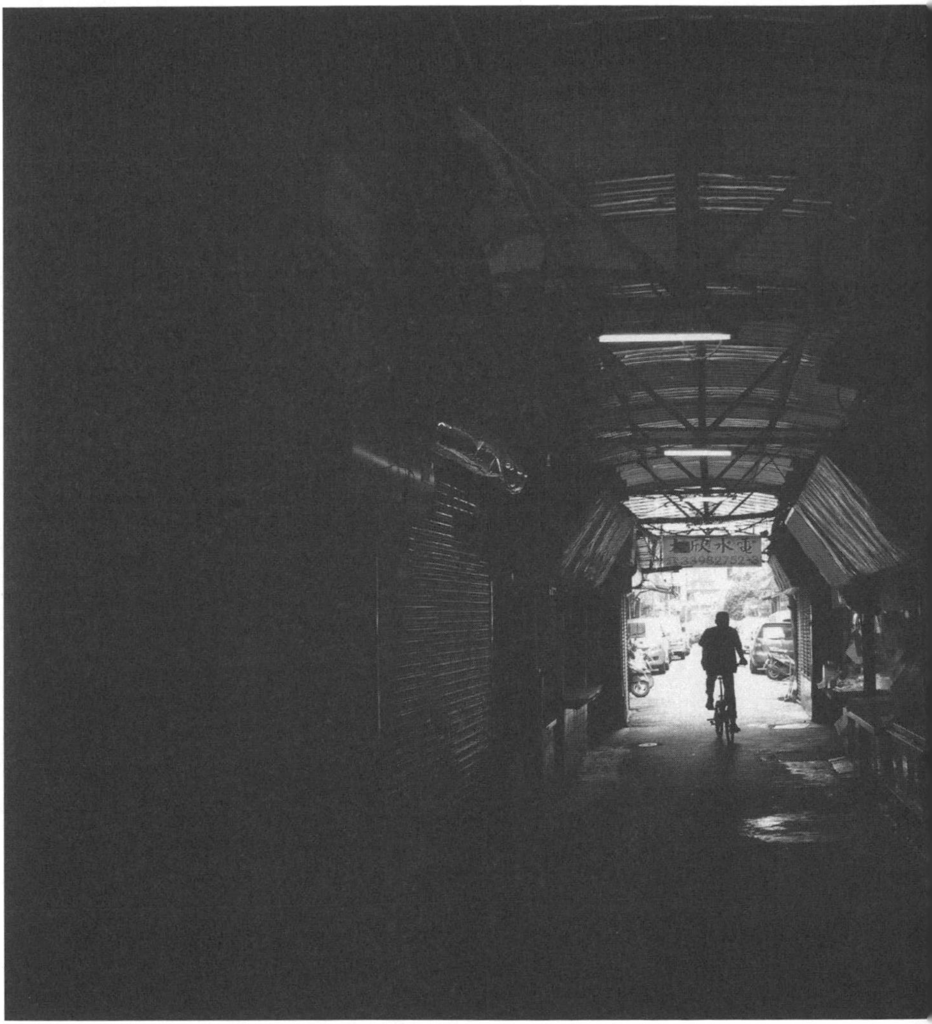

易遺忘體質

我們就是那麼健忘，
終於修復好的時候，
又忘記自己殘破的樣子了。

前幾日用畢早餐，正要坐回電腦前啓動整日的工作排程，忽然覺得下盤一陣不適，有處關節好像無法展開，若刻意挑釁地撐開，就會有快要拗斷的痛楚感。原以爲只是季節間的難以調適，便不以爲意。然又過了兩三天，疼痛感一直是持續的，甚至加劇，才發覺不對勁，趕緊掛了復健科。

「關節發炎。」醫生很簡短地判定，開了基本的消炎藥與療程給我，和我說再觀察看看。

接下來幾日我便和它漫長地談判，我們的關係忽遠忽近，有時痛到想驅趕它，有時又覺得它是如此服貼於自己身體內的某一部分。坐在電腦前依然，但許多動作都被調慢了，如坐下前身體凹陷而彎曲的前置動作，如轉身回應任何的叫喚、或是去拿右後方置物櫃的物品。

我嘗試與它溝通，找尋它願意妥協的最大限度——藉由盤腿而坐，再來是腳掌與腳掌對併，差不多是將鼠蹊部做最大的擴展，亦是某種伸展大腿內側筋的動作，試著將膝蓋慢慢壓低，攤平。嗯，這樣還算可行。嗯，這個伸展程度久了，應該能較爲麻痺。

慢動作當然也不會完美地革除疼痛，但鐵叉若定要在盤子上刮，我總是選擇慢慢地拖曳，試著讓所有聲響降到最低。仍然會有刺耳的聲音，自己很清楚。

先確認痛苦的最大值，接著慢慢試探，慢慢適應。

幾年前他剛離開的時候，自己將與他相關的一切物件都翻找了出來，簡訊、信件、照片、禮品，能讀的都讀至快倒背如流，能看的都看到視線已經模糊。這些作爲並不只是緬懷或是過時的珍惜，同時也是將所有心事都挖開，讓自己流血，看清楚自己流血的模樣，最後接受自己的樣子。雖然那時以爲自己不會好了。

是因處在痛楚之中，才很難想像自己曾經如何完好。像是患了關節炎後的慢動作，那延遲的短短幾秒，我總是在想著未患之前，這些動作是如何順利地進行。是先轉動腰還是肩膀？因慢動作而讓視線緩緩爬過的那面白牆，那點汙斑之前一直都在那嗎？

每次感冒最嚴重的時候，嚥一次口水像吞一團刺，在枕上翻來覆去難以入睡，也難以憶起身體狀況皆處舒適時，是如何平順地溜著夜色的滑梯，直接抵達睡眠的最底部。時間若是拉得太久，甚至會喪失那樣的能力，不太懂得完整地活著了。所以我不太同意電影裡的奇幻情節，那些角色多年殘缺的肢體，經神奇療效後轉瞬痊癒，隨即就又奔又跑地配上「I can run!」還是「I can fly!」的台詞。

過段時日終於痊癒了。現在已記不起來確切歷時多久，也無法確定它是什麼時候病發的，又是怎麼康復的。

醫生說，還好只是姿勢不良引起的發炎，而未演變成退化性關節炎，或更嚴重者。我在診間像個頑皮的小孩，不停地大幅甩動左腿，確認當真擺脫它了。不禁笑著向醫生說了一句，「好難想像之前還沒好時我是怎麼過的。」醫生也一起笑了，我們像和誰告解成功了一樣。

我們就是那麼健忘，終於修復好的時候，又忘記自己殘破的樣子了。

光之死

真正的恐懼仍然延伸著，
它只是變成了其他模樣。

「你從什麼時候發現自己不怕黑的？」你在耳邊問著。

我說不知道。

「所以是天生神力直接降臨嗎？」你笑了。

眞的想不起來了。怕黑好像是種病，幼年得的病，在某次身體產生抗體之後就免疫了，像水痘一樣神祕，我也想不起來水痘患病的始末，只依稀記得曾全身發癢，身上長出一些不明所以的突起物。幼時的病與痛都像是被幕後設定好的。像日本腦炎的疫苗接種，我們喜歡輕撫左肩頭的疤說：噢，應該吧，當時應該很痛。

而小時候明明害怕，就是止不住好奇，一再無法克制地跟親戚小孩們熬夜，觀看各式恐怖電影與靈異節目，從比較本土的《鬼話連篇》，跨至日本綜藝台晚間會播的《USO!?JAPAN》《毛骨悚然撞鬼經驗》，看的時候都不顧其後，只想著今夜這麼多小孩同睡於此，哪有怕的理由。然而回到家中獨自入睡時，就開始折磨。

尤其以前房間的陳設並不完善，有個窗簾覆不到的小窗口，從床上望去，可以看到窗外有著汙漬的屋簷，以及些許鄰棟的長磚。它因此集合了所有兒時建構的魅影，我曾排演、想像過千百種，各式看過的駭人角色從那窗口登場，甚至擠進房裡的畫面。

小小年紀從諸多恐怖片中理解出的結論，認爲黑暗是種流動體，是那些恐怖之物能夠快速蔓延的憑藉，所以堅持在床頭擺上一盞小夜燈，像是驅趕野獸的火把；夏天燠熱而需要開冷氣時，關上房門是必須的，但又無法解決懼怕，爲此父親會開啓房間外迴廊的大燈，並將室內拖鞋橫豎於房門口，做一個克難的門檻，讓我除了擁有夜燈的守護之外，走廊的燈光也能透進來。母親知道我膽小，有時會在就寢時間到房裡打電腦，就只是玩一些 Windows 內建的遊戲。但快速點擊的滑鼠聲令人放心，老舊主機運作時的噪音也令人放心。

從不曾想過何時才能度過這樣的恐懼，每天的夜晚都像是無邊的海洋，從一樣的港出發，卻不知道會漂至何方。在有限的床榻空間裡，枕頭是山丘、隆起而鏤空的被褥是洞穴，我總是想像有人駐紮在那裡，生起營火、烹煮著晚餐，接著洞穴外下起了大雨，或是有某種無形的猛獸經過，洞穴裡的人得以倖免。不知道爲什麼，那樣百般而無一新的情節讓我感到安穩。

後來年紀漸長，在關上房門之後，仍想從未完的一天裡，爭取更多時間，但又想低調行事，所以摸黑使用電腦，或是打開書桌上的日光檯燈念書。那時不得不慢慢學著與黑暗共處。某次忘了什麼緣故，心血來潮地扭開了床頭音響，拉直了天線，在眾多頻道裡游移。幾番揀選，最後決定停留在飛碟電台。從此以後，晚上都會開著廣播，廣播裡的節目就成爲了時間的分界，十點是夜光家族，十二點是青春點點點，再來兩點又是夜光家族的重播，若是聽到，那就代表：眞的很晚很晚了。當然不是每天都會認眞地聽節目內容，有時就只爲了讓他們在音響裡說話，內心能踏實許多。

有次鼓起勇氣，參與了午夜的有獎徵答 Call in ，意外地僅撥一次就通了。在話筒裡聽見女主持人的聲音，她先和我核對過一次答案，並要我稍待，等廣告結束，要正式回答一次。接著便聽到自己濁重不清的嗓音，和主持人們共同出現在身旁的喇叭裡。那是一種虛幻的眞實感，幾度覺得深夜是寂靜而瀕臨盡頭，此刻卻有人精神抖擻地和自己對話——自己終於參與午夜了，成爲了午夜的一部分，不再是對峙，也不是躲藏。

在那之後，床頭夜燈漸漸只剩下照明的功能，也漸漸會看著那口沒被覆蓋的窗發呆，都是一點一點地，如兒時玩具越來越不中意一樣。直到最後，睡眠時燈仍亮著這件事，已經變成困擾，多無情的轉變，但我不曾和母親說。孩子不再怕黑，會帶給他們什麼感受？之於孩子是告別夢魘和心魔的里程碑，之於他們會不會是一種失去，像我們有天驚覺自己已不再被愛人需要，那樣悵惘。還記得自小就非常黏人的我，第一次狠下心、和哥哥一起外宿在親戚家，決定的瞬間是多麼自豪；晚上睡前卻自己偷偷哭了，有種空降的罪惡，覺得自己好像打破了什麼再也拼不回來的東西。

接著高中初年不明白地就接受了恐怖片，一部接著一部看，也許只是想迎合傳統男性的風範，又剛好是愛逞強的個性，到底是適應了恐怖片裡的節奏與鬼神的模樣。坐在影廳裡看《康乃狄克鬼屋事件》，手臂被身旁的朋友整場緊緊掐著，我才意識到，我終於成爲以前羨慕的那些，對於驚嚇作弄完全無動於衷的勇敢同學。再來變本加厲買了恐怖遊戲，還特喜歡在深夜玩；直到搬新家，新房間窗外是片小丘，午夜十二點社區的大燈熄了之後，就會是整片的黑。睡前常常連窗簾都沒拉上，整面的落地窗暴露著，就這麼側身凝望。

黑暗終於變成固態了，變成事實。

也許怕黑這件事根本沒有戰勝一說，僅僅是已經歷過無數次的無法逃脫，決定再也不逃了。看著電影裡被怪物追殺的主角群們，總是不停納悶：爲什麼要逃？感覺一口被咬死、被感染成無意識的屍魔，都顯得比逃跑輕鬆許多。求生意志眞是低落。對於黑夜對於恐懼，都像是妥協或麻痺，而看恐怖片、靈異故事的那些挑戰，不過是用衝撞的方式，來擴增自己恐懼的臨界值，都是相當扁平的訓練。眞正的恐懼仍然延伸著，它只是變成了其他模樣。躺在寂寥的夜裡已經不再怕黑，卻感覺有比黑暗更甚者令人恐懼了。像是孤單。像是明天。

「欸，那麼不怕黑的人，意思是不是等於不需要光的人。」你想了很久又問了我。絕對不是，我說，有時候甚至他們已經習慣了也沒發現，自己只是假裝不需要光。

卷二

如何成為一個男生

我就像在和鋪天蓋地的
刻板印象賽跑。

「我像一顆蘋果。」

舊日記裡曾寫著這麼一行字。像蘋果一樣紅潤嗎？還是像蘋果一樣甜美？誰曉得那是什麼意思。初入小學時，不免俗地面對著「我的志願」「我的夢想」龐大的命題，或是「請用一個形容詞形容自己」那樣艱澀的問題，我都答不出來，努力搜索腦內的辭典，最後只寫下：平凡。

我可能是一顆平凡的蘋果。平凡除了本身之外，不需要其他形容。也最好不要有其他形容。但老師對著我洋洋灑灑寫下的整篇作文搖頭。「你應該要想辦法認識自己喔。」

小學一年級，正好被信佛的導師發現自己能背誦出整篇的心經，從此得了導師歡心，有次還在鼓勵之下，當著全班同學的面，背了一遍，完畢之時導師帶頭鼓掌。那是我第一次感受到自己短暫地遠離平凡，有點不穩當，像是不諳水性的我，終於抱緊那片不被信任的浮板。當時的座位靠窗，轉頭就能看見栽種在校園一隅的花樹，那棵樹總是綻得五顏六色。自然課教的鮮豔或有毒，該怎麼判斷呢？

平凡是及格就好。但我是不是一個及格的男孩？小學五年級初識髒話，彷彿發現了加分題，開始無謂地將其拼湊成日常對話。媽的等等要不要去買包薯條？好熱喔靠北。一如那個歲數的我們，只知答題而不知未來，用過的字詞，就像還沒核對答案，就已被丟棄的試卷，沒有訂正，也沒有人幫忙釐清。我們嚴格地訓練，讓自己習以爲常地認可它的粗壯，在同齡的乖巧同學驚呼「你說髒話！」的時候，對抗後頸的僵硬，如石像般吐出一句不以爲然的話：「對啊，怎麼了嗎？」

平凡是笑的時候不能遮嘴巴。如果可以的話，要從聲帶匯聚出巨量的「哈哈哈」聲，而不是僅用喉間發出飄渺的笑聲。坐的時候雙腿至少要打開一些、頭髮不能太長。運動要好，每一年的體適能都要測量百米跑速，測驗之前我一定會和共跑的同學們約好：不要跑太快，一起到達終點。心想成爲多數人的其中一個，大概就能算是個合格的男性了吧！體育老師的哨音響起，跑道盡頭突然就多了幾位如同選秀節目的評審，逐一開始亮燈給分，或僅是舉起圈叉的牌子。

我就像在和鋪天蓋地的刻板印象賽跑。

突然想起以前班上跑得最慢的男生，他的綽號是蟑螂，爲何有此綽號已不得其因；不知道是否因爲他的皮膚比許多女生還要白皙，四肢快速擺動的樣子，看起來異常地彆扭。「接下來是蟑螂要跑耶！」「欸快快快，快來看。」他總是在體育課裡成爲大家的笑柄。你眞的沒有辦法跑得快一點點嗎？有次我懵懂地問他，甚至花了一節下課的時間，要他模仿我張開雙臂、跨滿步伐的動作。「不行啦。好難。」我一直記得他自暴自棄地頹坐在走廊上，像金頂電池廣告裡被定義爲「他牌」的兔子。

坐在高中文組班的教室裡，講台上的老師陳腔濫調地說，人生是一場馬拉松，考大學只是一個轉折，重要的還是誰能撐到終點。那他有沒有繼續跑下去呢？那個男生。跑到更前方、看到更多與自己相像的人。跑到一個男生也可以擁有溫柔、可愛等形容詞的年紀。跑到一個多數人都不會再用同一種眼睛看你的階段。

由衷希望他到達了，和我一樣，成爲倖存者，雖然如我這樣的倖存者，學了多少詞彙，至今還是想不透自己是一顆如何的蘋果。

或許我根本就不該是蘋果，只是我曾經以爲我必須是。

我很羨慕各個求學階段裡，
每個體育細胞超群的同學。
羨慕那幾個能夠奔跑下階梯的男孩子。
至今我仍無法做到，
那好像血淋淋地宣判著，
社會上的某些期待永不會在我的身上完成。

更安全的辦法

「人只要擁有祕密，
就不會感到寂寞了。」

以前上電腦課時，你總是奚落座位旁的男同學，那位將信箱密碼設了將近二十個英文數字混雜的男同學。「你的防備心也太重了吧！」「你管我。」接著調皮地湊近，嘗試背誦出他快速跳動的手指，想像自己正在盜開保險箱，感受那幾近毛髮輕微的觸感。但從未流暢記下整串密碼。有次他白了你一眼，「你功虧一簣嘍，我早就換密碼了。」你知道他根本沒換，只是嘴上說說。

那很美好，能用密碼解決的都很美好——高中數學課教到排列組合後，你這麼認爲。你想起那個男同學，他的密碼有幾個字呢？十個阿拉伯數字和二十六個英文字母，湊在一起，三十六的幾次方？無論如何，那是在無數嘗試之後，終可以被解碼的。但不知怎的突然很想知道解答。當然不是爲了要滿足入侵與偷窺的欲望，也不是關乎破解的成就感，只是想到他欲蓋彌彰時的神情和口氣，那其實是很坦白的信任，他信任你不會拆穿他，或是有所侵犯。

幾年以後，你也開始爲種種進行加密。雲端上的資料夾、多重的帳號，以及智慧型手機越發健全的隱私保障，在螢幕先安了指紋解鎖，又在程式前設上一道數字鎖。想說的事變少了，是嗎？其實這些上鎖的地方，都沒有藏著眞正的祕密。畢竟這些地方也並不眞的安全，幾年來爆發多少明星藝人的私密外流，能有多安全？想想你眞討厭駭客，雖然有些駭客只是政治狂熱的激進分子，但你討厭的是偷竊的本質，你無法接受有誰如此蠻橫地搶奪。

眞正的祕密該放在哪裡才安全？你只放在心裡，你並不用鎖，因爲只要有鎖，就會有開啓的可能；你將所有房間封死了，成爲一間間的密室，若要一探裡頭的藏匿，就必須摧毀整棟樓。像是和血液一起共存、流動，如果誰想知道，必須先撕開你，或是把你吃掉。

「人只要擁有祕密，就不會感到寂寞了。」你在漫畫裡讀過這樣一個句子，但其實你從沒感到滿足，只是害怕把祕密給了誰，會變得更寂寞。

不符

成長是否就是想像本身？

「我之後要在這裡打洞，還有這裡、這裡。」他比了耳垂、耳根和眉尖，把五指收成手槍的樣子，連續扣下扳機。那是成年前鮮少在外過夜的幾次，我們在頂樓席地而坐，他帶了香菸和打火機，但只是放在身旁。我要讓自己千瘡百孔，他說。聽起來眞是駭人的期許，但我知道他想表達的是，要讓自己更成熟、更幹練。

那幾年對成長的假想，無非就是自主權：掌握自己的身體，或是上了大學離開家，去擁有自己的住所與時間，找尋一個陌生人來經歷愛與被愛。我們還說了更多以後想做的事，多屬不切實際的期盼——想要怎樣轟烈的感情、想環島完成壯舉、想怎麼布置住處、想找什麼工讀。甚至擬了一份清單，俗套的名稱一如「上大學要做的一百件事」，就像普遍的準大學生對著新生活那樣躍躍欲試。

成長是否就是想像本身？如高中和同學們濫情唱著〈忠孝東路走九遍〉，實則連忠孝東路長什麼模樣都不太確定，也不知道它長至已貫穿了北市。後來通勤走過忠孝東路多少次，卻已經不再唱那首歌了。

而那份清單在上了大學之後，就再也沒翻過了。四年裡確實有談到一場沒有出口的戀情，打過幾場球賽，也找到一份差強人意的兼職、每天在永康街裡打發形形色色的觀光客。和一般麻痺的人沒有不同，明明身處在漩渦裡，仍自逞在故事的中心，於是閉著眼睛聽從暗流。並不會意識到想像正在萎縮。

從風光明媚的願景，萎縮成論文、金錢、家庭關係、求職，再萎縮成低限生活。

畢業前夕才感覺四年太多虛度，整晚睡不著便聽歌，一下聽陳奕迅樸實唱著「想到就很快樂／我眞的知足／夠了」，一下又聽韋禮安唱「回憶裡的人不會犯錯／回憶的人才會覺得錯過」一直到天亮，覺得人眞是麻煩的動物，歸結出了這麼多遺憾，又想盡辦法爲自己開脫。

也在畢業前夕再見到了他，他的身體如實地達成了當年的承諾（究竟是向誰承諾呢），除此之外，還在手臂和腳踝上增添了兩道刺青，都寫著英文名與難解的圖樣，但我沒有問及它們的故事，只是浮泛地交換近況，觀察他的面孔、軀殼，這具經歷了四年後的軀殼，該是什麼模樣？他說他喜歡的樂團不唱了。然後開始哭，哭得像末日，我沒見過他哭，也沒想像過，所以很好看，皺在一起的五官像突如其來的情話，因為太急著訴說而慌成一團。

擲

一間間的遊樂場也早就失去光彩，
但我卻慢慢喜愛它。

網咖該是許多男孩子無法言說的浪漫，早在國中時期就如聖地般存在，但我卻是到十六歲時才初入殿堂。「怎麼樣，要不要去打咖。」那次依舊是U主動提議，但我沒想太多就答應了。U面對我的首次允諾相當驚喜，迫不及待地領著我走進那荒靡的空間。時值隆冬，店家為了節省，將空調關了、玻璃門整面敞開，以至於這個空間不致我想像中昏黑，但空氣中還是凝固著沉甸甸的粉塵味和廉價合成皮的塑味。我們就在悶熱的座位裡耗盡乾癟的課餘時光，再漫長的時數，經過滑鼠點擊下的反覆搗壓，終究還是薄得風一吹就飄起來。我必須承認當時的我難以沉迷，往後的日子卻還是成群地一進再進。

但U似乎很喜歡。每當班上夥同的男生們不知何處去，他就會慫恿眾人幾個萬年不變的選項：網咖、大魯閣、湯姆熊。那些場所總是渲著幾種厚重又黏膩的色彩，紅色、紫色、黃色、螢光粉紅，飽和的程度，好像一走進去，就會成為漫畫人物。我無法投入那些震耳的音效與閃爍的光幕，都是做旁觀的那一個，看著他們兌換代幣、坐上機台、對著遊戲內的危急關卡吼叫，幾個小時就這麼過了。

「你都不玩嗎？」U有次突然問我。

「不要。我玩得差，也沒什麼興趣。」我說。

「那你不無聊？」

「不會啊。」

「你好奇怪。」U下了一個無理的結論。

面對興趣上的格格不入，我總是活得像盆栽。也許那是名副其實的虛擲光陰，只是迫切希望長大的我們，並無意識自己走過了多少時間，反是殷殷期盼著時間能盡快度過我們。

其實這個過程不會感到乏味。未成年的視界裡，充滿犯忌的樂趣，娛樂場所的聲光瀲灩，曾是從小到大父母叨叨絮絮的箭靶。本分，學生的本分呢？最常聽到的說法。而這些禁忌都立於本分之外，那麼，是否多踩上一些，就會多靠近大人一點？像是一逮到機會必要飲酒助興，又或是更小的我喜孜孜地走進便利商店，用二十五元的零用錢去買短暫升格為大人的幾十分鐘：600 c.c. 的瓶裝調味咖啡。又苦又澀，當大人有什麼好呢？

後來U給了我數張兌換券，我疑惑地問給我幹嘛。他用一種望子成龍的詭異口氣說，希望你有天會玩，自己一個人來玩也可以。那幾張票券如今仍壓在櫃底，早已逾期，但從未喪失價值。它仍然收藏著當時U交付給我，那句充溢著幻光的邀約，以及想望：因為我很喜歡，所以希望你也會喜歡；因為我很快樂，所以希望你也快樂。

諸多的現象都在成年後失去了神聖性。發現酒精只是一種集合著恍惚、暈眩與空轉的液體，也明白酒醉並非成人的權利，反而更像一種懲罰，人是不折不扣的容器，灌了越多酒進去，就得花越長的時間倒掉；發現「獨立」並不全然是意氣風發的事，如果還沒學會「立」，會先接收到更多的孤獨。穿過十八歲的簾幕，彷彿看見世界的裸體不再披覆著幻想，它的胴體醜拙而充滿警示、面孔坦白卻又語帶保留。

一間間的遊樂場也早就失去光彩，但我卻慢慢喜愛它。喜愛它仍然不眠不休地在各個百貨公司裡鼓譟，它一點也不介意成爲成人之間，被指控爲「不踏實」的墮落之地。它甚至比誰都還要誠實，誠實地提供某種快樂，誠實地和少年們共舞。我喜愛的是大學有時和幾個學弟，一起前往那嘈雜的地下室打發時間。「總共開五台，都開兩小。」掏上櫃台幾張鈔票的面額，彷彿預示著即將到來的浪擲，那時已經懂得珍惜，也因如此，才會覺得這短短兩個小時和你們在一起，是再好不過的決定。

風箏落不下來

陳繁齊作品

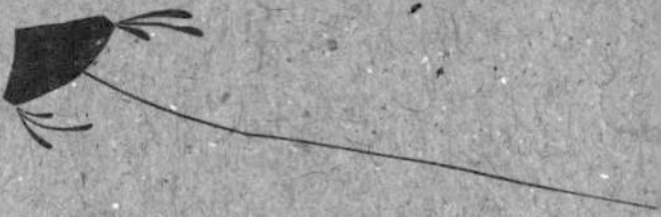

我始終是一個想太多的人，
從愛一個人開始，
就會假想無情的可能。——〈花〉

大田出版

後來看見各式代表快樂與慶祝的物件，
都會不住思忖，
他在販賣的是哪一種快樂呢？
又會是誰來承接呢？

違路

青春是恬不知恥的詞彙，
是不容異議的詞彙，
我不應該再使用它。

看到電影裡的台詞說：「爲什麼你偏偏是個出門就會哼起歌的人？」想想上次在路上忘我地哼唱，也是高中的事了。那時正在學吉他，後半年和社團的好友H膩在一起，H很善唱，聲音細膩又高亢，我們總是在團練之後，沿途唱回家。無論在捷運還是公車上。雖然多半是搭上末幾班車，不知節制的音量仍會引來側目，但只要我們的歌聲合拍，身外之物都變得不再重要了，高中生活龐雜而粗淺的煩惱，不論課業還是人際，至少等這首歌唱完再說。好像超級瑪莉吃了無敵星星，恣意闖蕩整個冒險世界。一直都不得要領的我，也能在此時感到光亮，至少H總是願意一首接著一首，和我無止境地唱下去。

我們會在下車前塞一些自己喜歡的歌給對方，那年還不能隨手就開啓 YouTube ，我們得在手機的記事本上一個字一個字地鍵入，然後說，你回去聽，很好聽。而你知道對方到家後，眞的會記得聽。

一整年我們像是極爲不安定的分子，在沸騰之間不斷躁動。煮沸我們的是接踵而來的活動：迎新、聯合展演、小型成果發表、大型成果發表。完成一場演出，就得準備下一場，在有限的社團生涯裡，爭取燈光與完美的自己。

在高二的尾聲，我找了H一起做凡人二重唱的〈趕路〉，他欣然同意了，那是最後一首歌。當時預計要講些傷時的感性話，卻在演出當下語塞了，我發現自己還沒弄清這段日子是怎麼開始的，就要結束了。接著我們在高三應考的一整年偶爾唱著，但聲音已是越來越小。

再來考完學測已是冷冷的一月，我們一如往常坐在擁擠的公車上，外面的雨勢不小，車廂內非常吵鬧，考生解放的談話聲充滿了蓄勢待發的假期。但我們很安靜，H轉過來問我，年假有沒有什麼規劃，草草應答之後，我們就沒有再說話。除了對成績的不安之外，我感覺有東西死了一半，就在剛才放下筆、決定不再檢查答案的瞬間。應該是青春，多浮濫的詞語，它已經不是青春了，青春是恬不知恥的詞彙，是不容異議的詞彙，我不應該再使用它。

大四有次去找H，睡前我們聊起這段往事，只感到荒謬，我們都無法置信當時何來的勇氣，膽敢在一個個公共空間裡吵鬧。但起初我還有些不甘心，隔天出遊刻意隨口唱了一些詞，意圖邀請H如過往般高歌，但H拒絕了。「很怪。」他只這麼說。怪，哪裡怪？像被什麼東西框住了。我和H都找不出爲什麼，爲什麼當時的我們可以絲毫不在意地唱著，好像仗恃著身上背負了某種能夠免除苛責的標誌，可能是肩上那把笨重的吉他、可能是穿著制服，也可能是，我們知道自己看起來快樂到不能再快樂了。

起風

我好想像它一樣，
在這麼多人面前恣意隨風起舞。

再訪C市，發現火車站周遭正在整新，粗糙的水泥長廊已經拆除、老是水洩不通的站前交通也已不復見。鐵路高架化，就像大多數人構築出的未來都市樣貌，越蓋越高，自上處俯看，人的影子將會越來越小。

旁邊的店家也逐步被淘汰，挑高的候車大樓早已閉門，鐵捲門上張貼著未經審慎考量的斗大字體，告知路人已然遷址。多數的人卻都勒著衣領快速經過，好像沒有人在意它的動向。

「我們搬家了！新地址位於〇〇路上，造成不便請多見諒。」

記得那是所草綠色的大廳，搭配著冰冷的日光燈，售票的阿姨像是個無家之人，乾枯地詢問，到哪？幾點？可能因爲看了太多流動的人影，聲音彷彿破了洞，走漏許多蒼白的厭倦。對於遷移的厭倦。大廳裡的人們很常在打盹，也許在提示報時與車序通知的播音打攪前，整棟樓都沒醒著。

我發現要記得自己是如何進入一座城的過程，是一件困難的事，多半是在遊覽車上搖搖晃晃，聽見車掌拍打廣播的麥克風，再用混濁不清的聲音說，到了、到了。下了車扛住難以適應的午時日光，再經過一間又一間的機車出租店，身體還未舒展完全就已到達落腳點。那些都是沒有細節的事，像一張隨風飛揚的傳單撞上你的臉，你狀況外地扯下來，就順便讀了傳單的大致內容。而離開卻像收線，收這幾日你在城裡沿途撒下的線，綁著事件、綁著遇到的人，將幾日時光老實地綑回軸上，帶走。但我很常為送別的人剪一段線。

他曾在客運大廳口捏我的臉頰，用食指內側與拇指來回揪著，似乎很疼惜。氣壓門關上的時候，我看見不苟言笑的他輕輕咧起嘴角，那是一種惡作劇，像火車離站時讀到月台上的唇語，像高速公路上看見遠城的燈光，你知道自己正在高速駛離。

也許在他面前，我更像一個不長進的孩童。在都會區的綠地前，我們曾費了整整一個小時談喜歡，這一個小時裡面頰發燙，我首次體會到這是多困難的過程：將所有條目在對方面前攤開，一一細數。像解答申論題一樣，面對短短的題目敘述，卻要條列出多項論點——或者說是藉口。

「所以你現在是在說服我嗎？」

「沒有。我只是希望你能理解我。」

那時候的自己是一團沒有道理的火球，自以爲是地散發光和熱，只擔心被誤解。他卻沒有再多做回應，同程路上我們也未有太多交談。你慢慢想沒有關係，我僅僅說了這句。解釋太多就是辯解。

春末的氣候，仍於向晚時轉涼，我們在試營運的車站候車；他的眉頭依然深鎖，我往風吹來的方向站上去，凝視著他。有個人正爲攸關自己的事煩惱，使我感覺自己眞眞實實地存在。齊克果說焦慮是自由的可能性，那麼此刻他的煩惱是否也象徵某種可能性呢？心裡胡亂地套用。又不禁暗忖，還能考慮些什麼呢？短髮被颳起的風吹得飛散，一如他緻密的個性被鉅細靡遺地延展，那是很單一的黑與細。

他突然抬起頭問，你是在幫我擋風嗎？車正好就來了，我們走進充滿塑膠新品味的車廂，再次靠著車窗旁的圍欄不發一語。他的雙眼不斷把窗外的光捲起、捲進自己眼睛裡，看起來有點憂傷。如果這個思考過程是憂傷的，那是不是出了什麼問題？我心想。

在抵達車站前最後一段斑馬線他挽起了我的右手，但依然沒有說話。我壓下頭看他，他卻只是直視著前方。看著那棟綠色的候車大樓。我察覺到他並未找出答案。

「猶豫不決是……你其實很想要吧？」一兩年前看見的廣告台

詞，令我想起他。他並不知道自己想要什麼。如那天更早之前的午後，我們在霜淇淋店前猶疑了許久，遲遲未能決定要一支還是一對。那其實是一樣的問題。

一支代表什麼，兩支又代表什麼呢？他沒能洞悉其特徵。就像我當時也未能體悟到，一棟了無生氣的候車大樓能代表什麼。直到此刻我站在大廳舊址前的馬路，試著構織我與他並行的身形，我才發現我快要想不起來了。C市又起風了，那張黏不牢固的公告被風吹得啪嗒啪嗒響，我好想像它一樣，在這麼多人面前恣意隨風起舞。我希望自己也是傳單，在這陣風吹完前也能盪至他的面前，若只是落在腳邊也沒有關係。

離家

我發現家鄉這個詞太遠大了。

退伍後我花了將近一個禮拜的時間環島，在東北季風漸強的十一月底，狠下心決定一個人上路。環行台灣並沒有明確的目標，只是想要藉由不斷移動，換取思考的空間。

那是一趟解構的旅行。遙想幼時躺在鬆軟的汽車後座，倒反地看著車窗外的樓房與天空，世界是寬闊無比又光怪陸離的房間，知道有邊界，但從不認為自己可以觸及。「還要很久喔，不睡一下嗎？」母親叮嚀之下，我想像橫躺的自己像是沒裝滿的水瓶，瓶裡的水搖搖晃晃的，攪起多次水花後就睏倦睡去，醒來就已抵達另一個國度。高雄、合歡山、台東，都是些「需要睡過一覺」才能到達的地名。

此時卻都在右手不斷掄著油門間，輕易地到達了，好像褻瀆了幼年的記憶。第一天傍晚駐足台中時，我充滿錯亂感，就這樣到了嗎？好像把童年的地圖撕開再重新拼貼，也懷疑曾蜷縮在後座的自己，是否真的睡著。身體變大了，其他事物好像就理應轉小。

我知道這座島嶼正在萎縮，我居住二十多年的城市也是。台北。環島的沿路我不時假想它的外觀，差不多和《瘋狂麥斯》裡煉油城的景象一般，黑鴉鴉的樓，嗆著烏煙，坐擁自己專屬的秩序與黑暗。台北會不會在很多人眼中，也如那般死氣，不過是荒漠中的一點荼蘼而已？說起來我並不戀它。服役苦悶時同袍曾冷不防問了句，想家嗎？我答不上來，不知是因爲無法辨識，還是因爲那只是輕微的搔癢，像是家中的器物被抽去了一些，少了杯子、書桌撤掉了。還是能過下去，雖然有些不方便。

但我還是掛念它。到了一個地點，不自覺會先思索此處離家有多遠，好像身上綁著有刻度的皮尺，停下時就低頭看看數字的刻度。換算成時間、換算成耗油量、換算成與某一個特定人物的距離。那代表想念的力道，身處在很遠的異地，再向對方說，我現在好想見你。像是把所有阻礙的山脈與河流都撥開一般。

進入國境最南端時，天空正飄著小雨，我看著 Google Maps 的

GPS定位及貼心的里程計數，知道明天就要往北走了。

「從明天起，我們又會越來越近了。」我傳訊給待在台北上班的Z。後來東部的道路，筆直得像是要穿過心臟。

後來多次接洽演講，搭著高鐵當日往返中南部，我發現自己害怕快速穿梭數座城市的感覺，尤其縮限於一日之內。那讓我懷疑自己不存在，在車窗之外景物快速推進的同時，面孔彷彿跟著解體，身體被越拉越長，越拉越薄。直到成為一條無法辨識的直線。成為單薄而無常的數字。

一。我是離開台北的一個人。我是進入○○市的另一個人。

那感覺無異於環島結束後的那個午後。週五的午後。台北仍然運作著，像一間宏大的工廠，不會因為生產線少了一人，就因此歇業，它會在第二天立即找到能夠替補的人。替補我的是誰呢？我竟然像是個失寵的小情人，於心深處冒出了怨懟：對你來說，我不過就是個可有可無的人吧？它當然不會回答我。沒有人會回答我，我們沒有更多適合的言語能夠相向，問句終究會回到自己身上，不斷詰問：你接受自己之於它的可有可無嗎？

這個可有可無，使我在縱橫交錯的阡陌裡持續掙扎著。約幾個朋友吃飯、拾起地上的垃圾、駛於下班的沙丁魚車潮。有段時間我試著留下些許痕跡，有意識地參與城市裡建設的興衰，卻看著樓越蓋越高，影子把人都罩了起來，像童年卡通裡圍聚恐嚇的土狼。城市的秩序是弱肉強食，是包圍，然後消失。有許多只緣一面就沒有再遇見的人，就是這個原因吧？我們只是城市的傀儡。

在台南的青年旅館，有個外國背包客曾支支吾吾地，硬是用了不太流利的中文和我攀談：你住在哪裡？之後發覺詞不太達意，又修正了一次。你的家鄉在哪裡？他問。

台北，我是台北人。說出台北的時候有種嚼舌感，像是咬到了字裡的碎骨頭。我發現家鄉這個詞太遠大了。接著他又問多遠、喜歡嗎？如數像是教本裡直接挪用出來的問題。而我也只是給了些淺顯的答覆：很現代、方便；冬天下雨時，會給人很奇妙的環境感受。

可惜當時的我沒能跟他說，非常遺憾，無論哪座城市，全都是負心漢。而家鄉呢，家鄉更是一把無聲而鋒利的刀，輕易地進入身體，卻在拔出之際血流如注。我不是離不開台北，只是哪天若真要離開，定有某處會流血。

我們造了城市，城市吞噬我們。

流星

也許我更想在告別的前一夜，
從那些與我不太關聯的人們眼裡，
驗證自己的身分。

退伍後的第一個春天，學弟們突然相約，我頂著菜鳥自由工作者的身分，前往他們租約即將到期的雅房，熟稔地騎車穿過六張犁與北醫大、經過需要等上半小時的鹽酥雞，及買過一箱又一箱啤酒的超商。大學後兩年很常膩在這裡，一起打電玩、看比賽，或是喝酒談天到天亮。那時黑夜給我們的信號，並不是一天的結束，反是暗示我們接下來的狂歡，必須要點亮整片夜空，才是及格。

我一直記得超商的大叔店長，每次從貨倉搬出幾箱啤酒，都一臉狐疑，大剌剌地揣測這些兔崽子是否又要喝到天翻地覆；還有執著炸籠的老闆，在我們放縱地下了三四百元的單後，從那亮晃晃的攤販燈中抬頭打量。

那時我們還能用自我與輕浮換到那些眼神，我們甚至樂於獲得那些眼神，再令他們難以評判。大學生活充滿反抗意味，多數時間我們討厭被定義，討厭任何企圖概括我們的詞語，卻又寄望自己擁有某族群的符號。從典型成爲非典型，四年是一場工程浩大的銜接。像一座寬廣卻又險巇的橋，有些人並沒有走到橋的另一頭見識，四年都待在安穩的土地上。更多人是走到了橋的盡頭，又決定折回來。於是關於橋的記憶變得像夢一樣，找不到邊緣，也攀不上樑體。敘述自己走過，就像在敘述自己曾用瓶子捕過一塊山嵐。

你之後呢？身旁的學弟問我。我們聚在最大的房間交換資訊：退租這間雅房之後的去處。如同自我介紹，在脫離學生的含混釋義之後，介紹自己擁有的社會標籤。有人延畢、有人準備回中部歇息調適、有人要入伍了。我感覺我們的話語，好像在一片鐵灰色的天空下不斷盤旋、環繞，陰鬱地繞圈，好像多繞幾圈就有雷要劈下來；而今夜一過，一切隨即解體，往四處散去，拋物線般降落到一個未知的地點，然後開始長成。一棵樹、一座花園或是一棟房子。從小到大的畢業典禮，老喜歡文謅謅說著分道揚鑣、各分東西，就是應景，也沒什麼感觸，因爲知道學校之後，還是學校，仍是學校。此刻我卻又想起這兩句已經講到俗不可耐的成語。學校之後沒有學校了，而是生活。而且是截然不同的生活，沒有圍籬也看不到盡頭。

那麼我們為未來喝一杯，希望大家都順心如意。有人說。接著胡亂撞擊著手上的容器，像小時候玩的玻璃珠全數滾撞在一起，並在受力後往反方向發散。滾落桌緣，無懸念地落擊在磁磚地板上，發出「叩叩叩叩」的堅硬聲響，越來越密，越來越小。直到把酒喝完，第一個人率先酩酊倒去，就宣告著，我們不再擁有不散的宴席了。

酒醒是隔天近午的事。唯一餘下晚起的學弟，因我的翻動也終於醒來。你要走了嗎？他問。我快速地收拾背包以趕上午間的會議。走至迴廊發現整層樓都空了，其他房間的門敞開著，陽光剛好穿過百摺簾，非常安靜又均等地平分光線，平分時間。迴廊像是隧道，那種回聲異常繁複的隧道，每一道回聲都在確認你的步伐是否無悔。而不知爲何，我走得很輕，儘管早就不會有人被吵醒。

「欸，你昨天睡得跟以前一樣誇張。」

學弟送我走之前笑得很開懷。我循著原來的路線回到幹道，開始想念曾在酒醒之後一起前往學校，或是搖著昏沉的腦袋，一起到樓下吃頓遲來的早午餐，那對我而言，是揮霍的全貌。揮霍的全貌該當包含歡騰之後的冷靜與回歸，它的精采在於，早就意識到了揮霍本身，但還是執迷不悟。看見鹽酥雞的攤車半露在店面外，流理台上什麼都沒有，像是死了。攤販白天時總死得像是不再營業。我突然感到扼腕，昨晚竟沒有參與最後一次購買鹽酥雞或啤酒的行程。也許我更想在告別的前一夜，從那些與我不太關聯的人們眼裡，驗證自己的身分。自己看起來究竟像什麼人呢，買了這些高脂的消夜，會像一個失意的成年人嗎？還是依舊被認爲是個正玩日愒歲的小伙子。

那些重不重要？《終極追殺令》裡，Léon 要出門時和女孩 Mathilda 爭論，Mathilda 說她自己已經長大了，現在需要變老，Léon 回答她，他需要適應，他已經夠老了，現在需要長大。身體與心靈好像很難同步，卻會有個時間點突然地密合，如小時候匪夷所思的數學習題：身體每一年老去X值，心理每個月老去Y值，身體先行了Z個月，試問他們何時會相遇？

那場相遇大概就在二十歲開始後的十年之內。可能是在填寫問卷時，驚覺年齡的選項必須要往下一格填寫。或是吹熄了哪塊蛋糕上熠熠的火苗，看著黑煙如腐朽的昨日裊裊升空。像村上春樹說的，一瞬間的事，變老和變成熟是一樣的。像顆流星一樣，從二字頭的上空無人知曉地經過，無須見證，只須有人盼過它。

流星劃過天空後，
天空就不是原本的天空了。
和夜晚一樣，
不再狂歡以後，
它偷偷地在辭典裡跑動，
奔向一個越來越靜而沉穩的終點。

中信

晚安

晚安。今天就要結束了，
而我還在，
明天見，明天也要好好的。

從小被父母教導睡前禮儀，無論什麼情況，都要和家人道晚安。這個規矩所轉化成的習慣，在網路遊戲的生態裡顯得格格不入，大家多半是快速簡短地打個「88」就下線了；同學間的招呼也突兀，許多同學都是先愣一下，最後可能仍以「掰掰」答覆。

那時還未察覺自己異於常人，只是喜歡晚安，晚安像是把一整天的不愉快都藏起來，外頭風雨再大，這天過得再不順遂，都一起為彼此祝禱一個平穩的夜晚。夜晚是神奇的，例如感冒常常在一眠之後康復許多、一些阻塞的思緒也常在睡醒之後恍然頓悟，所以同意先好好睡一覺，好好休息、明天再說。

年紀漸長之後，晚安自然從親暱而直白的問候，變成了某種曖昧的語言，保護與關心的意味變得濃厚，所以更在意要和喜歡的人說晚安，想告訴他們，這一夜我也在這裡。像是《白雪公主殺人事件》裡的橋段，兩位友好的女角還年幼，因家隔一小段距離，晚上會在窗邊點起燭火，藉由遮擋、一明一滅的方式，告訴對方自己還醒著，自己還在。

現在晚安之後，並不一定是眞的睡了。晚睡、熬夜的定義，隨年齡越來越廣，夜聊也因此變得艱難，不像以前，總是能讓夜聊顚覆原意——從睡不著的尋求援助，最後變成聊至捨不得睡去。我想夜聊是相當可貴的，因爲它有時不僅僅是犧牲時間，更多的可能是犧牲舒適，犧牲因睡眠不足的疲憊而可能牽連到的明天。

有時說懷念以前生活，並不完全指學生的簡單與純稚，而是懷念這些細微的情愫，懷念再怎麼紅眼失眠，都不致到清晨。那時總反覆用著「你睡了嗎」的問候，在無眠的夜裡遊蕩著，將一張小小的字卡，無聲推進對方的房門縫隙，又自己抽回來。踩進諸多不太確定的關係裡，深怕失禮但又害怕寂寞，從沒意會到那是個充滿孤獨感的問句。也可能是因爲當時還肯將自己與人共享。

記得大學時曾借宿在K家幾日。在那狹小的房間裡爲數不多的幾夜，常常夜聊到天亮。我們什麼都聊，從學校生活的小事，聊到家庭，聊他近十年來唯一一次掉過眼淚是因爲老家的狗死了；聊到自己的傷痛、一些私密的告白，聊到怎麼愛人，那些破碎的價值觀、劈腿者的自白。聊性，被保守的傳統教育侷限洗腦後，說起來卻也不晦澀。K是個有稜角的人，平常相處也保持豪爽大方的樣子，因此說起心裡話格外有深邃感。稱不上是鐵漢柔情，因爲卸下外頭粗獷的一面以後，K的內裡仍是剛硬，但是，是沒有任何掩飾的那種剛硬。

我想到許多戲劇裡，角色常在坦承時望向遠方，或是埋頭。說眞話的時候我們好像慣於看向別處，像是終於將緊閉的弱點張開，但仍不敢正對任何可能的風險。共宿聊天的日子裡，天花板就是我們最好的替代對象，燈一關上而我倆躺上枕，它就瞬間成了無垠的黑洞，沉默而無怨地接受我們所有的投放。有時聊了一兩個小時，K會去後陽台點根菸抽，我並不跟他，而是躺在原處，想像他叼著他最常抽的卡斯特。陽台應該是專屬於他、更大更無盡的黑洞，我想。

「一根菸大約是五分鐘，但十分鐘不一定是兩根菸，有可能是只抽了一根，剩下的五分鐘在發呆。」K曾經向我解釋。

「不管怎麼樣，每根菸都有它該解決的事情。」他說。

接著他回來了，問剛剛聊到哪？我們通常都會有意識地接續剛才的話題，該說的就把它說完，但他會變得有點不一樣，或更洞澈或更迷茫，很難說定，但心裡很肯定，他剛剛的菸不是白抽的。

那幾夜聊到祕密都不像祕密，我們沒有在任何禁忌的箱子開啓之前，轉頭向對方嚴厲地警示，欸，這是不能說出去的喔。反倒都是非常自然亦不自禁，黑暗讓我們感到安全，天花板讓我們感到安全，我們都相信這些祕密只活在今天晚上，活在這小小的房間裡，像K從陽台帶回來的一點菸味，明天就會消散；也相信陽光會蒸散它，以爲在這之前，夜必能洗淨我們所有背負的沉重與罪惡，所以樂意不停地解剖自己。我們不太說晚安，倒是常裝模作樣地說早安，有幾日甚至不知不覺就睡著了，隔天問了K我們說到哪裡，兩個人都像斷片，連最後是誰在講話都不記得，可能是因爲在卸下日常層層武裝之後，眞的很自在吧。

但還是有幾天夜聊的終點，我有和K道晚安，此時晚安的涵義，比較像是宣告今晚聊天已然終結。但屢次晚安兩字都在說出口前打轉了幾圈，可能是因爲它字面之外更複雜的涵義，也可能是因爲K平日是個爽朗又善於胡鬧的人，向他說起來有種羞澀感，就像服役時和鄰床的弟兄說晚安一樣，細緻的話語鋪在粗礪的表面上。

「晚安啦。」K卻毫不忸怩地回覆，起身看向窗外透進來的光，碎念幾句髒話，就這麼翻身睡去。

過了幾天吃完晚餐，即將結束在他家寄居的時光，我戴著安全帽在玄關，等他從房間拎來我忘記拿的盥洗用具。下雨天不小心就會打滑，騎車要注意耶，他說。我將身體轉一百八十度，讓K把盥洗袋塞進擁擠的後背包裡，K拍拍我的背包表示完成。

「路上小心啦，晚安。」

晚安。今天就要結束了，而我還在，明天見，明天也要好好的。

晚安，我愛的人們。

年

我們一直坐在原處，
等到眼前的人影接連放棄、散去。

凌晨兩點從基隆出發，整片夜都像虛構的。倘若每經過一盞路燈都要變得眞實一點，那該怎麼計算呢？沿路飄著不大困擾卻又無法忽視的小雨，光暈因此散得更開，似乎更難以丈量。這是近年來第一次走東北角的濱海公路，比印象中還要漫長，所有的風景都堅挺矗立著，像是已經遺世千年。

不知道是否因爲年的關係，已經凌晨兩點半了，九份的整座山上，仍亮著黃黃的光，我將機車的油門放開，以慢速滑行。

「你看。」

「好美。」

「感覺上面也很熱鬧。」

如果山上每盞燈都代表清醒的人，不知道他們正在做什麼？離分界越遠，反而對所有的狂歡越發感到不合理，我回想前幾年在台北市跨年，多半是看煙火。眞喜歡煙火，人們好像都喜歡煙火，一年裡少數能不切實際的機會，在倒數結束後連續地炸放，彷彿可以將盛大的時刻延長幾分鐘，將年的入口打得更開，讓所有人都有資格進去；其他幾次無知覺地度過，總是朋友間誰猛然想起，趕緊搖了搖手錶才說，啊，原來已經過十二點啦，是新的一年了，新年快樂。那樣反而覺得可惜，覺得有些事好像沒有眞正完成。而散場時同慶是延續的，廣場上的人群向四處溢瀉，往通宵營業的酒吧、餐廳塡充，或是如灌漿式地塞滿捷運站口。總是會遇到一些結群而正處熱烈的青年，沿途喧鬧、胡亂呼喊「新年快樂」，隨機將祝福推給一個路人，雖然他們不一定眞的想給他。最後回到家，用沉重的身體收拾一切狂躁。在都市裡的年，總是在一覺補眠、醒來之後，才稍感抽離。

行經九份之後，有好幾段路都是無燈的，所有行駛的車輛都打起遠光，飽滿的光束看起來，好像更清楚地要前往什麼目的地。我喜愛在深夜騎車，四周恬靜而路況通暢，所有日間的紛擾都被清空，走在城市已然歇息的軀體之上，只有微微呼吸的起伏。此刻這條綿延的海線更好，平常所需顧慮的潛在危險，顯然都無須憂慮；而即使無燈，還是隱約看得見海，看得見浪擊在東北角的沿岸之上，雖然黯淡，它依然維持它的潔白。

年又過了啊。我試著回想去年的今天是怎麼過的。去年，祖父在清晨時病危，我在半夢半醒間接到電話，隨即騎車趕去醫院。到了醫院看見大家都不說話，我也沒有問，但是父親還是低聲地和我說，已經離開了，他們也沒有趕上。後來我們都維持一種安靜的姿勢待在病房外，房裡祖母的聲音很明顯，很深，把牆壁都挖空了。我就呆站著，什麼都不想做，也不能做，那感覺好像棒球比賽打著打著，有一顆球本壘捕手漏接了，但沒有人有動作，沒有人喊出界、沒有人盜壘、沒有人撿球，也沒有任何呼聲，所有人都靜默而凝滯地看著那顆球越滾越遠，遠到終於碰到牆壁，無力地反彈回來。

那天的傍晚我還是出了門，胡亂吃了晚餐，和W相約在忠孝東路，各自買了一杯手搖店冷飲後就上路。我說我很喜歡在忠孝東路中間行走的感覺，一年也只有這麼一次。W笑笑說好，那我們就從這裡當起點走去吧。我們緩緩向市政府方向前進，繞行信義商圈一周，最後選擇在極外圍的馬路邊坐下，聊清晨的事，W也說了些關於親人離世的往事。我們幾乎沒有安慰對方，那是我們很直覺的溝通方式，藉著講述類似的經驗來告訴對方，嘿，我也在這裡喔，也許我不能完全懂，但我願意聽；我們聊一整年發生過的大事，等到午夜十二點，一起把二〇一六看完了。

「如何？」記得剛看完煙火時，W轉頭問我。

「嗯……」我看著天空中還未散去的煙霧，「老是覺得很像假的。」

＊＊＊＊

到達宜蘭時距離天亮還有段時間，我們在沙灘上鋪了雨衣，拆開駛離台北前，特意繞路去買的仙女棒，一枝枝依序點亮。已經多久沒玩這般絢爛的玩具，也許是七、八年了。總認爲仙女棒是相當矛盾的東西，或是我必須自首，是我習慣矛盾地玩它，不像很多人點燃後喜歡劃空寫字，喜歡隨意揮舞來看光的軌跡，我都是拿著呆望，重複一些同方向而無意義的搖擺。我總看著仙女棒思考，想著當下身邊的人，所有時間的推演與未來片段的猜測。火花太明亮耀眼了，太容易讓人想到熄滅之後的事，太容易檢視自己爲什麼可以處在這個當下。

就是太浪漫了，喜歡玩仙女棒的人，明知道它易逝，卻屢屢試著擁有它。

最後一枝仙女棒正好把天點亮了。外澳的長灘上漸漸聚集了人群，很多人走得比我們更前面，更靠近海，試圖和嶄新的一日打招呼，我看見他們的影子在漸亮的天色下逐漸分明，遠處的漁船已經熄燈，天空仍然飄著小雨，天色依舊在灰階裡徘徊。我們一直坐在原處，等到眼前的人影接連放棄、散去。沒有日出了。我想了一下，在腦內糾正：日出還是有、太陽還是有來的，只是我們沒看到。

多擔心自己哪天也會看不到年，但它又確實經過了。「時間也許是錯覺，但活著不是。」八月時去看了《一一》的數位修復版，曾經寫下這句話做感想，也做警惕。

後來我們就近找了早餐店解決飢餓的腸胃。點單的阿姨對於新年隻字沒提，側了身就專注在鐵盤上作業。我腦中互相溫情道賀的模擬情境，就這樣被消滅了。

我在餐檯後看她熟稔地將食材捲起、切開餅皮，放上套了塑膠袋的盤子，和中溫奶一同送上來，又默默地走回餐檯處理其他餐點，突然就很渴望變得軟弱。

聖誕節之前

好像把心挪出了一個空位，
就很難讓給別人了。

吉他的弦鈕在演出前幾天無預警地裂開了。勉強撐完年底的音樂會後，就趕緊找了時間去補它。

換完弦鈕，店員問我要留嗎？我反射性地回答，留了能幹嘛？只是頭一回，不知怎的又改變主意了。幫我留下來好了，我說。店員笑著回去工作櫃拿，我跟在後頭，看他把零散的組件重新合在一起，嫻熟的技巧彷彿相當尊重那只已經壞掉的零件，即使壞了，也仍要盡善保持佳態。

留了也不知道能幹嘛，我又說了一次，然後傻笑。

R幾年前送的外套早已不堪時光摧殘，上頭皮料紛紛脫落，上次我花了好一番功夫，才清理完散落在衣櫃裡的皮屑。我並不質疑它可能是因爲價格，才如此易壞，因爲那如同揪著別人幾年前寫的情書指控：你爲什麼用鉛筆寫？

最後決定把它摺起來（原本是掛著），但衣櫃實在挪不出什麼空位，來回苦惱了一下，把它擺在床尾的一個小夾縫。我知道我不會穿它了，但寧願積塵，也不丟棄它。它必須待在房間角落裡，任我看它，用眼睛剝去它的色澤，一點一點衰退。

所有即將棄置的，都必須再被滯留一段時間，甚至永久，它們幾近荒廢，不會發光、不會給予任何效益；它們實際的作用，更像是阻礙恐懼與不安所能擴張的範圍，有時甚至是以無存在感的方式占據著。好像把心挪出了一個空位，就很難讓給別人了。那感覺像是掉牙的空洞感，但是牙齦再也補不回來。

想起搬家前後，一舉回收了許多舊時的紀念品，如幾張尺寸已經超過身體的塑膠瓦楞紙，那時我們慣稱它「板板」，曾在上面貼滿了照片，寫下諸多祝福；以及許多不明意味的紀念品、星座擺設。從收到以後，它們就靜靜躺在櫃裡這麼多年，沒再多看過幾眼，但仍捨不得丟。才發現自己的固執，像把過期的情誼裝進真空瓶裡，很多年後打開瓶蓋，依然要面對那瞬時的腐朽。像布蘭登・費雪推開古墓的門，門裡的寶物一瞬間化為烏有。

但是，我還是堅持主張，若在看不見的石室裡，它們依然閃閃
發光，那就很美滿了。
直到有一天我不再堅持。

變少

但我們能擁有的誤差已經越來越少了。

搬家後，有時在出門回家之際，會對著電梯按鈕恍神，上樓或下樓、離開或歸來的目的，被簡化成兩個按鈕，一時之間有點難解。那是舊家沒有的困擾。舊家只有無隔間的連續轉折梯、防滑鐵條的回音，和那位永遠不見蹤影的洗梯人員。曾住在那麼一間舊大樓，小時候其實很憧憬電梯，從窗口展身出去，可以勉強看見對面新公寓的電梯門，看見一雙雙腳隱沒在金屬門框裡，想像他們在裡頭快速竄升——快到能夠直接抵達宇宙。深知自己誇大，但就是無法排除它曾是那麼先進的象徵：輕鬆、安穩，甚至關於美好生活。

舊家樓梯旁安裝的木質扶手，總是被母親警惕不要碰，就算當天已有人來沖洗過。那好像在說，外面世界的一切，即使洗淨了，仍舊脫不開髒汙。既然如此，爲什麼要裝設這個扶手呢？我每次都有這個疑問。隨著歲數漸長，有時拖著重物上樓，不得以攀附它借力，母親在旁卻也沒說什麼，我不知道是扶手終於乾淨了，還是我已經變髒。

我無從開口詢問母親，只能從鄰居的口中，瞭解到階梯的級距正在變小。

「弟弟恭喜你小學畢業嘍！」

「基測考得還好嗎？」

「你在學吉他呀，好厲害唷。」

「長這麼高，有沒有交女朋友？」

我其實不會討厭那些寒暄，在窄小的平台裡，我們側身、點頭說話，或是禮讓對方先通過。它比久久見一次的親戚還要緊密，也不帶有任何目的，我從他們的話語裡，一次次地確認自己在外人眼裡的模樣：國小畢業生、國中考生、玩音樂的孩子、有權利可以擁有愛戀的青年。還有什麼呢？二十歲搬離前，我感覺有所失去，那失去感等同看見社區中庭裡的老盆栽枯死；不論還有什麼，都被掩埋了，我已然成爲即將離開的人。

站在新大樓的電梯裡，看著顯示板的樓層數字緩慢攀升，住戶依序離開這閉鎖的空間，先走的人要和壓著按鈕的人說謝謝、後走的人可以什麼都不說，甚至自始至終都低著頭。我才發現原來樓梯允許我選擇停留。允許我在樓層間發生更多的猶豫不前、允許我和父母爭吵時，能瑟縮在家門外的第一階。它允許所有和它有關的人都有暇遇見，並且不強規任何告別。

我不禁猜想我身上的某一部分，是否也遺留在那座舊舊長長的樓梯間了。也可能並非遺留，而是它不再願意與我俱進。或是它早在我屢屢半傾著身子，自四樓往迴旋梯的縫隙向下望時，從胸前的口袋滑出去了。再也沒有被撿起。

現在我也終於服膺現代，跟從人們所發展出的，那些更加複合又精準的途徑，世界的脹大其實是人群的縮小，是抽空剩餘的時間，像是門格海綿＊，我們越活越細，最後都要變得更加難以相

＊門格海綿（Menger sponge、Menger universal curve）是碎形的一種。它首先由奧地利數學家卡爾．門格在1926年描述，當時他正在研究拓撲維數的概念。

遇。我想起K曾跟我分享他爲了歸還遺失物，而等候一個女孩子的故事，他說他其實不知道那個女孩子會是搭捷運、公車，還是自己擁有交通工具，他甚至不確定她會不會經過自己佇立的這條路，在空等的時候他總是在想，如果這時回家的路只有一條，該有多好。世界裡的萬事萬物都被規劃得這麼精準，你們若是能相遇，其實是場誤差，我回答他。

但我們能擁有的誤差已經越來越少了。最後一句我沒有說出來，只是看K似乎很滿意我的回覆。

舊家透光的樓梯間，
像一只被敞開的盒子，
彷彿有些時間會殘留在裡頭。
年幼和家人爭吵的我，
坐在第一階哭了一個下午，
看著光彷彿滲進了磨石子質的地板。
我以爲它在陪我。

析舊

承擔失去後開始越來越老。

不小心讓原子筆滾落到床上而沒發覺，茶白色的被單上暈了一塊墨漬，像是肌膚上隆起的疣。那幾日便盯著它發呆，細想這條被褥用了多久、是否可以被取代。

和小學遺落在泳池的浴巾一樣，滿不在乎的我回到家告知母親，母親只淡淡回了，啊眞可惜，那是我和你爸結婚時用到現在的毛巾。母親的口氣像打翻的水，沿著磁磚縫流經我腳踩之處。我才驚覺自己罪無可赦，竟然將他人的時間搞丟。

「你這個賠錢貨！」常看日本電影裡極具權威的父親斥罵妻女，附帶砸毀家具的粗暴動作。我是不是個賠錢貨呢？國中畢業旅行時，數位相機毫無懸念地，從吊橋上高高墜入下方的小溪，記憶卡裡還未騰出的舊照，就這樣沉進未知的水底。那能不能也算一種永恆？我想到鐵達尼號裡那顆璀璨的海洋之心，永遠不被找到，就永遠不會消失。那意思很像薛丁格的貓。晚上我獨自躲在廁所裡偷哭，因爲我又一次遺失時間了。

「裡面還有很多跟家人一起出遊的照片。」

「之前沒有先存到電腦裡嗎？」

「沒有，忘了。」

「嗯……」

聽著領隊束手無策的低吟，我轉頭看向陽台的黃燈。原來人有時候看燈會是這樣的，不覺得黑暗正壓迫著光，反倒是光無理地推開了黑暗。做什麼推開呢，我應該待在黑暗裡的。閉上眼睛，眼淚又流了許多，領隊急忙安慰我說，丟失相機已經無法挽回，千萬別把好心情給丟了。我聽來卻像警告，不禁連結到小時候受到的斥責：成事不足，敗事有餘。

「如果此刻還不想辦法提振自己，就是徹徹底底的敗事有餘喔。」心裡有道聲音叮嚀著。

領隊住的那間小寢，成爲後一兩年夢境的背景。所有的事件都從房裡開始，夢境裡的我多麼冥頑不靈，一再犯下無法彌補也無法承擔的錯誤，像是失火燒了整棟房子，站在一樓看著火舌與黑煙嘲笑自己；或是忘了拉汽車的手煞，親眼看著它滑落山崖。接著就引出迫切的死意，夢裡的自己總想著一死了之。資本主義的新聞充斥著誰的身價暴漲破億，每次看到都心想，我又值多少呢？我想像自己坐在天平的一側，看見對側逐步添增雜物，浴巾、舊床墊、原子筆、相機。很多很多。而我沒辦法把秤往下壓。

你們不罵我嗎？旅行結束到家後，我站在客廳口，手上還提著行李袋，一個字一個字像磚塊一樣從嘴巴裡跌出來，積成一座小塔，我想躲在裡面。掉了都掉了，有什麼好罵，東西又不是罵了就會回來。父親好笑地說，甚至笑容裡流露出一絲慰問。我忘記自己呆杵在原處多久，將整間客廳都看了一遍，那面綠色的舊牆、茶几、屏風、音響、電視、窗簾，再回到不為所動的父母身上。視線爬滿了蟲，跑進房間裡，又用力哭了一次。

那天演示成一種開端，我再也沒有因為丟失什麼而遭到責罵。或者說，沒有人掛心我所發生的失去了。那是十五歲，一個開始需要自行解釋失去的年紀。

祖母很常在家具折損時，嘴裡喃喃，早該換了、終於是壞了。有時對著我說，有時對著自己說，有時更像是仰頭長嘆「饒了我吧！」像是遠景裡嗆著黑煙的工業煙囪，我看見煙的尾巴漸淡，如鉛筆筆芯的剝落抹在白紙上，直至肉眼看不見，但你知道它還是在，融在空氣裡，久了就會沉下來，舊了就會積塵。但灰塵終究沾在自己身上。

承擔失去後開始越來越老。而祖母也許已是年邁至已不在意那些微乎其微的失落。

好像一種循環。我們先靠著不斷折舊身邊的一切，來維持自己的嶄新。折舊刮鬍刀，折舊筆記本，折舊一件件衣褲。折舊愛人來讓自己揣摩生活感性之必要。折舊今天才能走向明天。折舊一本書、折舊美好的景象以便成爲照片。

再來折舊所有記憶，折舊它的濕度，來獲得當下的滋養，然後，再折舊一次。再折舊一次。直到忘記。直到蕭索如柴，燃起了大火，滅火一直都不是問題，只要折舊自己，記憶又回歸潮濕了*。

---

*引自王家衛電影《2046》：「所有的記憶都是潮濕的。」

後記

坐在咖啡廳靠窗的位置，窗外的雨下了又停、又下，像偏執的小孩間歇地發脾氣，屢勸不聽地打翻整缸的水。

我不知道該點熱的還是冰的飲料，大概就如同我無法確定下雨是不是好事。濕漉漉的柏油路面很漂亮，車燈打在地上像碎掉的玻璃瓶，我懷疑那是不是只原本裝著信的玻璃瓶，只是信已經漂走了。

秋天大概就在這種猶豫不決的情況下悄悄死去，九月、十月、十一月，表定的時辰輕易地來了又走。有人說台灣的氣候沒有秋天，有時我倒覺得這座小島的秋天，像緩慢滲血的傷口，在不知覺時滿溢，又在不知覺時復原。

我想起S就是在這個季節，靜靜地捎來一封信。比當時疼惜的心情還要靜。所以我讀完才會知道，我們要回歸無聲了，不再有對話也沒有情緒，沒有爲我們喧囂的馬路、也沒有熟稔的服務生宣讀菜單的細條。我們必須讓其他聲音重新加進來，我們必須保持距離，寂靜才有空隙。像是先後乘上不同班的電梯。最後我們一起在酒吧搖頭晃腦，慶賀不合時宜的節日。「你還好嗎？」「沒事，才這點程度。」在數杯酒下肚後，那樣的對話已經趨近我們晦暗的極限。那一年的秋天非常非常短，像是一場未經規劃的夢，或是像一首幾分鐘的情歌，唱完就沒了。在寂靜還沒復原之前，樹就已經光禿，以至於我絲毫沒發現冬天來臨。告別一個人像告別一個季節。

「冬天來了，請你走吧。」

記得有次曾一起步行穿越車水馬龍的大橋，行至中處，S把手機舉得高高的，照了幾張相，回頭看我一臉詫異。「幹嘛？我只是覺得平常住在市區裡，不太有機會看到這麼大片又完整的天空。」S非常珍惜地滑著手機，確保適才的幾張照片沒有拍壞。有一瞬間我以爲天空眞的變低了，我們都碰得到星星。

從那之後我的手機裡也充滿天空的照片。S教會我在擁擠的街衢裡放隱形的風箏，一直到S已經不在身旁，高處的風還是一直吹著，風箏落不下來，若有似無的釣魚線，持續拉扯著後來的我。

我也想起前年一月夜晚，將N的謊言拆穿後，N在身旁啜泣，我卻一點也不生氣。對不起，我不知道我怎麼了，也許我故障了，或是我執意讓自己故障，諸如那類的話語，從N抽抽噎噎的聲音裡，擠壓出了幾句，水位漸低，水底的凌亂都顯出來。那是很俗濫的公式，我說我理解，雖然我心裡清楚，理解不代表接受，卻別無他法，一個人在憐憫他人之時是最脆弱的。

冬末的氣溫，讓人以爲只要足夠溫暖，就能融化一切窒礙。

N說那是善良，我沒有同意，只是將善良和暴露自己的脆弱，畫上等號。那幾年拚了命在理解別人，動機也許來自於彼此無法掌握的變動。像是面對網路世代商家們喜愛的GIF圖片行銷，數十張圖像在幾秒內閃動，我總是很想停在每一張圖上看清楚。我害怕下一秒，這一切就變成截然不同的模樣了。

我還想起更多人，更多像霧的人，他們的身體已經完全逸散，沒有形體，無法被留下。告別一個人可能就是這樣吧，將圍繞著那個人所發生過的事，片片拆下，拆到一片也不剩，拆到他已回歸你最初看過的模樣，甚至拆至已經看不見他，這時候就可以說，我不認識你了。但仍然記得他。記得他的輪廓、語氣、價值觀、小動作，包括天氣、頭頂的音樂、共餐地點的裝潢。因爲知道那些獨特都不會再發生了。

只是獨特並不代表永久居留。

「勇敢成為他人的過去，才是個成熟的大人喔！」

——《比海還深》

這陣子我像是走在一棟由記憶築成的大樓，每一個曾經過的人都成了房間，沒有語言也沒有眼神，只剩我偶爾寫信給他們，和他們說話；有時我自己讀自己的信，或僅是獨自進到房裡擦拭灰塵。有時候是生活寄信來了，繁多至塞滿信箱，我不得不去整理，一張張攤開終於都讀懂了，但自己卻又變得難以解釋。

也許這些人與事我還會再提數次，數十次，甚至上百次，但那又怎麼樣呢？每提及一次，都變得更遠一些。我的語氣一直在推送它們，越是想念推得越用力，推到二十五歲的邊緣，有沒有墜落我並不能確定，如果墜落，我必須相信，它們都落到一個很好的地方了。

國家圖書館出版品預行編目資料

風箏落不下來／陳繁齊著；譯 .——初版
——臺北市：大田，2019.02
面；公分 .——（智慧田；111）

ISBN 978-986-179-547-8（平裝）

855　　107017054

智慧田 111

風箏落不下來

作　　者｜陳繁齊

出 版 者｜大田出版有限公司
台北市 10445 中山北路二段 26 巷 2 號 2 樓
E-mail｜titan3@ms22.hinet.net　http：//www.titan3.com.tw
編輯部專線｜（02）2562-1383　傳真：（02）2581-8761
【如果您對本書或本出版公司有任何意見，歡迎來電】

填回函雙重贈禮♥
①立即送購書優惠券
②抽獎小禮物

總 編 輯｜莊培園
副總編輯｜蔡鳳儀　行銷編輯｜陳映璇
校　　對｜黃薇霓／金文蕙
內頁美術｜陳柔含

初　　刷｜2019 年 02 月 01 日　定價：350 元
總 經 銷｜知己圖書股份有限公司
台　　北｜106 台北市大安區辛亥路一段 30 號 9 樓
TEL：02-23672044 ／ 23672047　FAX：02-23635741
台　　中｜407 台中市西屯區工業 30 路 1 號 1 樓
TEL：04-23595819　FAX：04-23595493
E-mail｜service@morningstar.com.tw
網路書店｜http://www.morningstar.com.tw
讀者專線｜04-23595819 # 230
郵政劃撥｜15060393（知己圖書股份有限公司）
印　　刷｜上好印刷股份有限公司
國際書碼｜978-986-179-547-8　CIP：855/107017054